비 오는 길

아시아에서는 《바이링궐 에디션 한국 대표 소설》을 기획하여 한국의 우수한 문학을 주제별로 엄선해 국내외 독자들에게 소개합니다. 이 기획은 국내외 우수한 번역가들이 참여하여 원작의 품격을 최대한 살렸습니다. 문학을 통해 아시아의 정체성과 가치를 살피는 데 주력해 온 아시아는 한국인의 삶을 넓고 깊게 이해하는 데 이 기획이 기여하기를 기대합니다.

Asia Publishers presents some of the very best modern Korean literature to readers worldwide through its new Korean literature series 〈Bilingual Edition Modern Korean Literature〉. We are proud and happy to offer it in the most authoritative translation by renowned translators of Korean literature. We hope that this series helps to build solid bridges between citizens of the world and Koreans through a rich in-depth understanding of Korea.

바이링궐 에디션 한국 대표 소설 094

Bi-lingual Edition Modern Korean Literature 094

Walking in the Rain

최명익
비 오는 길

Ch'oe Myŏngik

ASIA
PUBLISHERS

Contents

비 오는 길

Walking in the Rain

성 밖 한끝에 사는 병일(丙一)이가 봉직하고 있는 공장은 역시 맞은편 성 밖 한끝에 있었다.

맞은편이지만 사변형의 대각(對角)은 채 아니므로 30분쯤 걷는 그 길은 중로에서 성안 시가지의 한 모퉁이를 약간 스칠 뿐이다.

집을 나서면 부(府)행정 구역도에 없는 좁은 비탈길을 10여 분간 걸어야 한다.

그 길은 여름날 새벽에 바재게[1] 뜨는 햇빛도 서편 집 추녀 밑에 간신히 한 뼘 넓이나 비칠까 말까 하게 좁은 길을 사이에 두고 작은 집들이 서로 등을 부빌 듯이 총총히 들어박힌 골목이다.

The factory where Pyŏngil worked lay on the out-
side edge of the city wall, just as his home did but
on the opposite side of the city.

The two edges might well be opposite but as the
angles of the wall did not form a perfect square his
thirty-minute walk to work just scraped past one
corner of the inner city mid-route.

Once he left his house he had to walk for about
ten minutes down a narrow, steep path, which did
not appear on the city government's borough map.

That path ran between tiny houses packed so
tightly together that they seemed to rub each other's
backs and past alleys so narrow that even the rap-

이 골목은 언제나 그렇듯 한산한 탓인지 아침저녁 어두워서만 이 길을 오고 가게 되는 병일은 동편 집들의 뒷담 꽁무니에 열려 있는 변소 구멍에서 어정거리는 개들과 서편 집들의 부엌에서 한길로 뜨물을 내쏟는 안질[2] 난 여인들밖에는 별로 내왕하는 사람을 볼 수 없었다.

일찍이 각기병으로 기운이 빠진 병일이의 다리는 길을 좀 돌더라도 평탄한 큰 거리로 다니기를 원하였다. 사실 걷기 힘든 길이었다.

봄이면 얼음 풀린 물에 길이 질었다. 여름이면 장맛물이 그 좁은 길을 개천 삼아 흘렀다. 겨울에는 아이들이 첫눈 때부터 길을 닦아놓고, 얼음을 지치었다.

병일이는 부드러운 다리에 실린 몸의 중심을 잡기 위하여 외나무다리나 건너듯이 두 팔을 허우적거리며 걷는 것이었다.

봄의 눈 녹은 물과 여름 장마를 치르고 나면 이 길은 돌짝 길이 되고 말았다. 그때에는 이 어두운 길을 걷는 병일이가 아끼는 그의 구두 콧등을 여지없이 망쳐버리는 것이었다.

비록 대낮에라도 비행기 소리에 눈이 팔리거나 머리를 수그렸더라도 무슨 생각에 정신이 팔리면 반드시 영

idly rising dawn sun on a summer's day barely illu-
minated a hand's width beneath the eaves on the
western side.

Perhaps it was always quiet but Pyŏngil, who only
walked this way in the dark mornings and evenings,
saw hardly anyone except for the dogs loitering
around the toilet holes at the foot of the back walls
of the houses on the eastern side and the half-
blind women who would throw dirty water into the
alley from the kitchens on the western side.

Pyŏngil's legs were already weakened by beriberi
and wished for nothing more than a wide and flat
road, even if it meant walking a little further. In
truth, it was hard to walk down this path.

In the spring the ice would melt and the path turn
into slush. In the summer the seasonal rains rushed
down the narrow alleyway, turning it into a dirty
stream. With the first snow of the winter the chil-
dren would polish the path and slide down the ice.

Pyŏngil would walk along as if he were crossing a
log bridge, his arms swaying all ways as he tried to
balance his body weight on his fragile legs.

Once the snow had melted and the summer rains
were over, all that remained was a rocky path. Pyŏngil
would be constantly scuffing the front of his pre-

양 불량성인 아이들의 똥을 밟을 것이다.

봄이 되면 그 음침한 담 밑에도 작은 풀잎새가 한 떨기씩 돋아나기도 하였다.

이 골목에 간혹 들어박힌 고가(古家)의 기왓장에 버짐같이 돋친 이끼가 아침 이슬에 젖어서 초록빛을 보이는 때가 있지만, 한줌 한줌씩 아껴가며 구차하나마 이 돌짝 길[3]의 기슭을 치장하여놓은 어린 풀떨기는 이 빈민굴도 역시 봄을 맞이한 대지의 한끝이라는 느낌을 새롭게 하였다.

밤이면 행길로 문을 낸 서편 집들 중에 간혹 문등(門燈)[4]을 단 집이 있었다. 그것은 토지, 가옥, 인사, 소개업이라는 간판을 붙인 집이었다.

그것도 같은 집에 늘 있는 것이 아니다. 이 모퉁이를 지나면 있으려니 하였던 문등이 없어지기도 하고 저 모퉁이는 어두우려니 하고 가면 의외의 새 문등이 켜 있기도 하였다.

요사이 문등이 또 한 개 새로이 켜지었다. 저녁마다 장구 소리와 어울려서 나이 어린 계집애의 목청으로 부르는 노랫소리가 새어 나오던 집이었다.

새 문등이 달리자 초롱을 든 인력거꾼이 그 집 문밖

cious shoes in the dark.

Whether looking up, distracted by the sound of an airplane, or head bent and deep in some thought, he would inevitably step in some poorly fed child's feces, even in broad daylight.

When spring came small stalks of grass would shoot up one by one, even at the foot of those gloomy walls.

Sometimes the moss that spread like fungus on the tiles of the old houses packed into the alley glowed green in the damp of the morning dew, but it was the young stalks of grass creeping along stalk by stalk and decorating, albeit poorly, this rocky path, which renewed the feeling that even this slum was part of an earth welcoming in spring.

At night a house on the western side might have a lamp hung over the door opening onto the path. A sign would read, "Land-Houses-Workers-Introductions."

These signs moved around. A lamp expected on one corner would have disappeared and a new lamp would unexpectedly appear on a previously dark corner.

Recently another new lamp had appeared. Each evening the sound of a young girl singing along to

에서 기다리는 것을 보게 되었다.

그리고 이 여름에는 초저녁부터 그 집 안방에 가득 차게 쳐놓은 생초 모기장을 볼 수 있었다.

다른 집들은 이 여름에도 여전히 모기쑥[5]을 피우고 있다.

그 집도 작년까지는 모기쑥을 피웠던 것이었다. 저녁 마다 집으로 돌아올 때에 모기쑥 내에 잠긴 이 골목에 서 붉은 도련[6]을 친 그 초록 모기장을 볼 때마다 병일 이는 윗 꼭지를 척 도려놓은 수박을 연상하였다.

이 골목을 지나가면 새로운 시구 계획으로 갓 닦아놓 은 넓은 길에 나서게 된다.

옛 성벽 한 모퉁이를 무찌르고 나간 그 거리는 아직 시가다운 시가를 이루지 못하였다.

헐리운 옛 성 밑에는 낮고 작은 고가들이 들추어놓은 고분(古墳) 속같이 침울하게 버려져 있고 그것을 가리 우기 위한 차면(遮面)[7]같이 회담에 함석 이엉을 덮은 새 집들이 단벌 줄[8]로 나란히 서 있을 뿐이다.

이러한 바라크식 외짝 거리의 맞은편은 아직도 집들 이 들어서지 않았었다. 시탄[9] 장사, 장목 장사, 옹기 노 점, 시멘트로 만드는 토관 제조장 등, 성 밖에 빈 땅을

a drum drifted out from that house.

Once the lamp was in place, rickshawmen holding lanterns could often be seen waiting outside the door.

And then this summer, a silk gauze mosquito net, large enough to fill the entire inner room, began to appear in the early evening.

The other houses were still burning dried mugwort to drive away the mosquitoes.

That house too had burnt mugwort last year. As Pyŏngil walked home each evening through the alley full of mugwort smoke and saw that green mosquito net with its red trim, he could not help but think of a watermelon with its stalk cut off.

Once he had passed through this alley he would emerge onto a wide dirt road, recently leveled according to the new city borough plan.

This road had knocked down one of the corners of the city wall, but it had yet to acquire the feeling of a city street.

There was a single row of new houses with white-washed walls and galvanized iron roofs, standing as if to screen the low and small old houses, which were spread out forlornly like opened tombs beneath the crumbling city wall.

이용하는 장사터가 그저 남아 있었다.

도시의 발전은 옛 성벽을 깨뜨리고 아직도 초평(草坪)[10]이 남아 있는 이 성 밖으로 뀌여 나오기[11] 시작한 것이었다.

그리하여 아직도 자리 잡히지 않은 이 거리의 누렇던 길이 매연과 발걸음에 나날이 짙어서 꺼멓게 멍들기 시작한 이 거리를 지나면 얼마 안 가서 옛 성문이 있었다. 그 성문을 통하여 이 신작로의 수직선으로 뚫린 시가가 바라보이는 것이었다.

그 성문 밖을 지나치면 신흥 상공 도시라는 이 도시의 공장 지대에 들어서게 된다. 병일이가 봉직하고 있는 공장도 그곳에 있었다.

병일이는 이 길을 이 년간이나 걸었다. 아침에는 집에서 공장으로, 저녁에는 공장에서 집으로 가는 가장 가까운 길이므로 이 길을 걷는 것이었다.

*

병일이는 취직한 지 이 년이 되도록 신원보증인을 얻지 못하였다.

There were still no houses on the other side of this lopsided barrack-style street, where various merchants were still using the empty land outside the city wall for fuel and timber, open-air pot stores, and factories manufacturing cement pipes.

The developing city had just begun to break through the old city wall and penetrate the grassy land beyond.

The once yellow earth of this not yet fully established road had been blackened and bruised each day by soot and footprints, but it was not far from here to the old city gate. Through the gate one could see the city streets themselves, pierced at right angles by the newly built road.

Pyŏngil passed by on the outside of this gate and entered the factory district of this city, which was known as a new city of commerce and industry. This was where the factory in which he worked was located.

Pyŏngil had walked this road for more than two years now. Because this was the shortest route from his home to the factory each morning and back home again each evening.

매일 저녁마다 병일이가 장부의 시재[12]를 막아놓으면 주인은 금고의 현금을 헤었다. 병일이가 장부에 적어놓은 숫자와 주인이 헤인 현금이 맞맞아떨어진[13] 후에야 그날 하루의 일이 끝나는 것이었다.

주인이 금고 문을 잠근 후에 병일이는 모자를 집어들고 사무실 문밖에 나선다. 한 걸음 앞서 나섰던 주인은 곧 사무실 문을 잠가버리는 것이었다.

사무실 마루를 쓸고 훔치고 손님에게 차와 점심 그릇을 나르고 수십 장의 편지를 쓰고 장부를 정리하는 등 소사와 급사와 서사의 일을 한 몸으로 치르고 난 뒤에 하숙으로 돌아가는 병일이의 다리와 머리는 물병과 같이 무거웠다.

주인에게 작별 인사를 하고 공장 문밖을 나서면 하루의 고역에서 벗어났다는 시원한 느낌보다도 작은 별들이 반짝이는 하늘 아래 말할 수 없이 호젓하여짐을 금할 수 없었다.

그는 주인 앞에서 참고 있었던 담배를 가슴속 깊이 빨아 들이켜며 이 년 내로 구하여도 얻지 못하는 신원보증인을 다시금 궁리하여 보는 것이었다.

현금에 손을 대지 못하고 금고에 들어 있는 서류에

Though he had been employed for two years, Pyŏngil had still not managed to find a guarantor.

Each evening he would add up the cash-on-hand column in the account ledger, and his boss would count the money in the safe. The day's work was only over when the figure Pyŏngil had recorded in the ledger matched exactly the amount of cash his boss had counted.

Once his boss had locked the safe, Pyŏngil would pick up his hat and step outside the office door behind his boss, who would then be sure to lock the door.

After a day spent doing the jobs of office boy, errand boy and scribe combined—sweeping and wiping the floor, bringing tea to visitors and tidying up after lunch, writing some dozens of letters and keeping track of the accounts—Pyŏngil would return to his boarding room with his head and legs feeling as heavy as flasks of water.

Once he had bid farewell to his boss and stepped outside the factory gate, instead of the relief of liberation from a day's toil, he would invariably be overcome by an unspeakable sense of desolation

참견을 못 하는 것이 책임 문제로 보아서 무한히 간편한 것이지만 취직한 첫날부터 지금까지 하루도 변함없이 자기를 감시하는 주인의 꾸준한 태도에 병일이도 꾸준히 불쾌한 감을 느껴온 것이었다.

주인의 이러한 감시에 처음 얼마 동안은 신원보증이 없어서 그같이 못 미더운 자기를 그래도 써주는 주인의 호의를 한없이 감사하고 미안하게 여겼었다.

그 다음 얼마 동안은 병일이가 스스로 믿고 사는 자기의 담박한 성정을 그리도 못 미더워하는 주인의 태도에 원망과 반감을 가지게 되었었다.

그러다가 최근에는 유독 병일이만을 못 믿는 것이 아니요, 자기(주인)의 아내까지 누구나 사람을 믿지 않는 것이 이 주인의 심술인 것을 알게 되자 병일이는 이러한 종류의 사람을 경멸할 수 있는 쾌감을 맛보았던 것이었다.

자기에게서 떠나지 않는 주인의 이 경멸할 감시적 태도를 병일이는 할 수 있는 대로 묵살하고 관심하지 않으려고 하였다.

그러나 맨 처음 감사하고 미안하게 생각하였을 때나 그 다음 원망과 반감을 가졌을 때나 경멸하고 묵살하려

as he stood beneath the tiny stars sparkling in the sky.

He would inhale deeply on the cigarette that he had resisted smoking in front of his boss and ponder once more the problem of a guarantor that he had been seeking unsuccessfully for the past two years.

As far as responsibility was concerned it was simpler not to be able to touch the cash or the documents inside the safe, but in the face of the ongoing and unremitting surveillance by his boss since his first day at the office Pyŏngil had felt an equally unremitting sense of displeasure.

When first faced with this surveillance, he had felt apologetic and thankful for the goodwill of his boss, who had employed someone as unworthy as himself without a guarantor.

For a while he had then harbored resentment and antipathy towards this boss who still could not trust his own simple sincerity.

Recently he had come to realize that it was due to an ill nature that the boss distrusted not only Pyŏngil but everyone else too, including his own wife, and so Pyŏngil had tasted the satisfaction of being able to despise someone.

는 지금이나 매일반으로 아직까지 계속하는 주인의 꾸준한 감시적 태도에 대하여 참을 수 없이 떠오르는 자기의 불쾌감까지는 묵살할 수 없는 것이었다.

지금도 장부를 다시 한 번 훑어보고 있는 주인의 커다란 손가락에서 금고의 자물쇠 소리가 절거럭거리던 것을 생각할 때에는 시장하여 나른히 피곤하여진 병일이의 신경에 헛구역의 충동을 일으키는 것이었다.

그러다가 눈앞에 커다란 그림자같이 솟아 있는 옛 성문을 쳐다보았다. 침침한 허공으로 솟아날 듯이 들려 있는 누각 추녀의 검은 윤곽을 쳐다보고 다시 그 성문 구멍으로 휘황한 전등의 시가를 바라보며 10만! 20만! 이라는 놀라운 인구의 숫자를 눈앞에 그리어 보았다.

'그들은 모두 자기네 일에 분망한 사람들이다.'

이러한 생각에 다시 허공을 향하는 병일이의 눈에는 어둠 속을 날아 헤매는 박쥐들이 보였다. 박쥐들은 캄캄한 누각 속에서 나타났다가 다시 누각 속으로 사라지는 것이었다. 그것은 마치 옛 성문 누각이 지니고 있는 오랜 역사의 혼이 아직 살아서 밤을 타서 떠도는 듯이 생각되는 것이었다.

대개가 어두운 때이었으므로 신작로에도 사람의 내왕

He tried his best to ignore the despicable and unrelenting scrutiny and not be upset.

However, from the early days when he had felt grateful and apologetic, through his subsequent feelings of resentment and antipathy, up until the present when he merely despised his boss and tried to ignore him, Pyŏngil had never been able to suppress the displeasure that inevitably arose in response to this ever-present surveillance.

Even now just the thought of his boss's large fingers noisily jangling the keys to the safe as he checked over the ledger one more time made Pyŏngil's empty stomach churn with nervous exhaustion.

Pyŏngil looked up at the old city gate towering over him like an enormous shadow. He saw the black contours of the eaves that seemed about to fly off into the dark sky, and then he gazed again through the gate at the brilliant lights of the city and tried to conjure up those amazing population figures—one hundred thousand, two hundred thousand!

"They are all preoccupied with their own problems." With this thought he looked again at the sky and watched the bats flying around in the darkness.

이 드물었다. 설혹 매일같이 길을 엇갈려 지나치는 사람이 있어도 언제나 그들은 노방(路傍)[14]의 타인이었다.

외짝 거리 점포의 유리창 안에 앉아 있는 노인의 얼굴이나 그 곁에 쌓여 있는 능금알이나 병일이에게는 다를 것이 없었다.

*

비가 부슬부슬 떨어지기 시작하였다. 비안개를 격하여 보이는 옛 성문은 그 윤곽이 어둠 속에 잠겨서 영겁의 비를 머금고 있는 검은 구름 속으로 녹아들고 말듯이 보였다.

그러나 성냥[15] 위에 높이 달아놓은 망대(望台)의 전등이 누각 한편 추녀 끝에 불빛을 던지고 있었다.

이끼에 덮이고 남은 기왓장이 빛나 보이고 그 틈서리에 길어난 긴 풀대가 비껴오는 빗발에 떨리는 것이 보였다.

외짝 거리까지 온 병일이는 어느 집 처마 아래로 들어섰다. 그것은 문등이 달린 조그만 현관이었다. 현관 옆에는 회 바른 담을 네모나게 도려내고 유리를 넣어서

They were flying out of the black gate tower and disappearing back inside again. It was as if the spirit of the long history of that old city gate were still alive and roamed about with the night.

It was usually dark as he passed by and there were few people on the new road. But even if people had been bustling about, they would have been no more than strangers on the road.

Nothing ever seemed to change, neither the faces of the old people sat inside the shop windows on the lopsided street nor the crab apples piled up at their side.

*

A gentle rain began to fall. The gate tower could still be seen through the rainy mist but its contours merged with the darkness as if it might melt away into the black clouds that seemed to harbor an eternal rain.

Yet the lamp hung high up on the observation deck still shone light onto one corner of the eaves.

Tiles not yet covered by moss glistened and the clumps of tall grass that had sprouted up through gaps in the roof shook in the slanting streaks of

만들어놓은 쇼윈도가 있었다.

'하아, 여기 사진관이 있었던가!'

하고 병일이는 아직껏 몰라보았던 것이 우스웠다. 그 작은 쇼윈도 안에는 갓 없는 16촉 전구가 켜 있었다. 그리고 퍼런 판에 금박으로 무늬를 놓은 반자지[16]를 바른 그 안에는 중판쯤 되는 결혼 사진을 중심으로 명함판의 작은 사진들이 가득히 붙어 있었다. 대개가 고무 공장이나 정미소의 여공인 듯한 소녀들의 사진이었다. 사진의 인물들은 모두 먹칠이나 한 듯이 시커먼 콧구멍이 들여다보이었다.

'압정으로 사진의 윗머리만을 눌러놓아서 얼굴들이 반쯤 젖혀진 탓이겠지.'

하고 병일이는 웃고 있는 자기에게 농담을 건네어 보았다.

그들의 후죽은[17] 이마 아래 눌리어 있는 정기 없는 눈과 두드러진 관골 틈에 기를 펴지 못하고 있는 나지막한 코를 바라보면서 병일이는 그들의 무릎 위에 얹혀 있을 거친 손을 상상하였다.

병일이는 담배를 붙여 물고 돌아서서 발 앞에 쏟아지는 낙숫물 소리를 들으며 맞은편 빈터의 캄캄한 공간을

rain.

Pyŏngil had come as far as the lopsided street when he took shelter under the eaves of a house. A lamp hung in the small entranceway. A square had been cut out of a whitewashed wall to the side and glass inserted to create a show window.

"So there's a photographer here!" Pyŏngil smiled at himself for not having noticed before. A cheap 16-watt bulb lit up the show window. Blue wallpaper with a gold foil pattern decorated the interior, which was filled by small namecard-sized photographs pinned up around a medium-sized wedding photograph. They were mostly portraits of young girls who probably worked at the rubber factories or rice mills. Their nostrils looked as if they had been painted on with ink.

"Must be because the photos are pinned at the top so their faces are all bent back.." Pyŏngil shared this small joke with himself.

The flat noses were squashed from above by low foreheads and from each side by dull eyes and protruding cheekbones; as Pyŏngil gazed at them he imagined the rough hands resting on laps.

He lit a cigarette and turned around to look into the dark empty lot on the opposite side of the

바라보았다. 거기서 간간이 불어오는 바람결마다 빗발은 병일이의 옷자락으로 풍겨들었다.

옆집 유리창 안에는 닦아놓은 푸른 능금알들이 불빛에 기름이나 바른 듯이 윤나 보였다. 그 가운데 주인 노파가 장죽을 물고 앉아 있었다. 피어오르는 담배 연기를 바라보며 졸고 있는 것이었다. 푸른 연기는 유리창 안에서 천장을 향하여 가늘게 떠오르고 있었다.

노파의 손에 들린 삿부채[18]가 그 한면에 깃든 검은 그림자를 이편저편 뒤칠 때마다 가는 연기 줄은 흩어져서 능금알의 반질반질한 뺨으로 스며 사라졌다.

그때마다 병일이는 강철 바늘 같은 모기 소리를 느끼고 몸서리를 쳤다.

빗소리 밖에는― 고요한 저녁이었다.

병일이는 다시 쇼윈도 앞으로 돌아서서 연하여 하품을 하면서 사진을 보고 있었다. 그때에 갑자기 사진이 붙어 있는 뒤 판장이 젖혀지며 커다란 얼굴이 쑤욱 나타났다.

병일이의 얼굴과 마주친 그 눈은 한 겹 유리창을 격하여 잠시 동안 병일이를 바라보다가 붉은 손에 잡힌 비로 쇼윈도 안을 쓸어내고 전등알까지 쓰다듬었다. 전

street, all the while listening to the sound of the rainwater rolling off the eaves and landing at his feet. From time to time a gust of wind would spray the rainwater onto Pyŏngil's trouser legs.

In the shop window next door polished green crabapples shone in the light as if they had been coated with oil. In their midst an old lady puffed on a long pipe and, half-dozing, watched the smoke rise up into the air. The blue smoke wafted up towards the top of the window in a thin line.

Each time the old lady waved from side to side a reed fan, half-hidden in the dark shadows, the wisp of smoke would scatter and disappear into the shiny cheeks of the crabapples.

With each wave Pyŏngil shivered as if he heard the piercing sound of a mosquito.

Other than the sound of falling rain, the evening was quiet.

He turned back to face the show window and look at the photographs, yawning repeatedly. Suddenly the back insert onto which the photographs were pinned was pulled back and an enormous face appeared.

When the eyes met Pyŏngil's face they gazed at him through the glass for a while, and then a pair of

등알에는 천장과 연하여 풀솜오리 같은 거미줄이 얽혀 있었다.

비를 놓고 부채로 쇼윈도 안의 하루살이와 파리를 쫓아내는 그의 혈색 좋은 커다란 얼굴은 직사되는 광선에 번질번질 빛나 보이었다. 그리고 그의 미간에 칼자국같이 깊이 잡힌 한 줄기의 주름살과 구둣솔을 잘라 붙인 듯한 거친 눈썹과 인중에 먹물같이 흐른 커다란 코 그림자는 산 사람의 얼굴이라기보다 얼굴의 윤곽을 도려낸 백지판에 모필로 한 획씩 먹물을 칠한 것같이 보이었다.

병일이는 지금 보고 있는 이 얼굴이나 아까 보던 사진의 그것은 모두 조화되지 않은 광선의 장난이라고 생각하였다. 그리고 암흑한 적막 속에 잠겨들고 만 옛 성문 누각의 한편 추녀 끝만을 적시는 듯이 보이던 빗발이 다시 한 번 병일이의 머릿속에 떠올랐다.

이렇게 서서 의식의 문밖에 쏟아지는 낙숫물 소리에 귀를 기울이며 있는 병일이는, 광선이 희화화(戱畵化)한[19] 쇼윈도 안의 초상이 한 겹 유리창을 격하여 흘금흘금 자기를 바라보고 있는 충혈된 눈을 마주 보았다.

변한 바람세에 휘어진 빗발이 그들이 격하여 서로 바

red hands proceeded to sweep inside the show window and even dust the light bulb. A spider's web as fine as a thread of silk wool stretched from the light bulb to the ceiling.

As the man put down the brush and began to chase flies out of the window with a fan, his large rosy-colored face glistened under the direct light. With a deep furrow in his brow that looked like it had been cut out by knife, eyebrows so untidy a shoebrush might have been cut up and pasted on, and a large shadow resembling spilt ink cast from the nose to the furrow of the upper lip, this face seemed to belong less to a living person than a silhouette cut out of white card and painted with ink brushstrokes.

Pyŏngil wondered whether this face and those he had seen in the photographs earlier were not all tricks played by the bad light. He recalled the streaks of rain that had seemed to dampen only one end of the eaves on the old gate tower, which had disappeared into the dark stillness.

He stood listening to the sound of water rushing off the eaves outside the door of his conscious, and then he turned to face the bloodshot eyes on the caricature created by the light in the show window,

라보고 있는 유리창에 뿌려져 빗방울은 금시에 미끄러져서 길게 흘러내렸다.

'희화된 초상화에서 흐르는 땀방울!'

병일이는 의식적으로 이러한 착각을 꾸며 보았다. 지금껏 자기를 흘금흘금 바라보는 그 충혈된 눈에 작은 반감을 가졌던 것이었다.

비에 놀란 듯한 얼굴은 쇼윈도에서 사라졌다. 그리고 현관문이 열리었다.

현관문을 열어 잡고 하늘을 처다보던 그는,

"비가 대단하구만요. 이리로 들어와서 비를 그으시지요. 자 들어오세요."

하고 역시 하늘을 처다보고 있는 병일이에게 말하였다.

그의 적삼 아래로는 뚱뚱한 배가 드러나 보였다. 가차 없이 비를 쏟고 있는 푸렁덩한[20] 하늘같이 그의 내민 배가 병일이의 조급한 신경을 거슬리었으나 처음 보는 사람에게 이같이 친절한 것은 둥실한 그 배의 성격이거니 생각하며 권하는 대로 현관문 안에 들어섰다.

그는 병일이에게 의자를 권하고 이어서 휘파람을 불면서 조금 전에 떼어들였던 판장에서 사진들을 떼기 시작하였다.

which were glancing at him through the glass.

A sudden gust of wind splattered rain onto the glass between them and the water streamed down, drawing long lines.

"Sweat running down a caricature portrait!"

Pyŏngil tried to conjure up such an illusion. He had felt a slight antipathy towards those bloodshot eyes that had been stealthily watching him.

The face seemed surprised by the rain and retreated from the show window. And then the door opened.

A man held the door open and looked up at the sky before speaking to Pyŏngil, who was also looking up at the sky, "It's really pouring down. Why don't you come inside out of the rain? Yes, do come in."

A plump stomach peeked out from under his summer jacket. The protruding stomach rankled Pyŏngil's sensitive nerves, much like the swollen sky that continued to drop rain so relentlessly, but then he thought that it was probably the nature of such a plump stomach to show kindness to a stranger and so he stepped inside the entrance as bidden.

The man offered Pyŏngil a seat and began to un-pin the photographs from the insert that he had

함석 지붕에 떨어지는 빗소리는 어수선한 좁은 방 안을 침울하게 하였다.

구둣솔을 잘라 붙인 듯한 눈썹을 찌푸려서 미간의 외줄기 주름살은 더욱 깊어지고 두드러진 입술에서 새어 나오는 휘파람 소리는 날카롭게 들리었다.

병일이는 빗소리에 섞여오는 휘파람 소리를 들으며 테이블 위에 놓인 앨범을 뒤적이고 있었다.

"금년에는 비가 많이 올걸요."

휘파람을 불다 말고 사진사는 이렇게 말을 건네며 병일이를 쳐다보았다.

"글쎄요……?"

"두고 보시우. 정녕코 금년에는 탕수[21]가 나고야 맙네다."

"……글쎄요……?"

병일이는 역시 이렇게 대답할밖에 없었다.

"서문의 문지기 구렁이가 현신을 했답니다."

"……?"

말없이 쳐다만 보고 있는 병일이에게 어떤 커다란 사변의 전말이나 설명하듯이 그는 일손을 멈추고,

"어제저녁에 비가 부슬부슬 오실 때—"

earlier removed from the window, all the while whistling away.

The sound of the rain falling on the galvanized iron roof made the messy, narrow room seem all the more forlorn.

The shoebrush eyebrows frowned, deepening the lone furrow still more, and the whistle seeping out of those puckered lips grated on Pyŏngil's ears.

Pyŏngil flicked through the pages of an album placed on a table as he listened to the whistling merge with the sound of the rain.

Then the photographer stopped whistling and turned to face Pyŏngil, saying, "There's going to be a lot of rain this year."

"Really...?"

"Just you wait and see. There'll be floods for sure this year."

"Really...?"

Pyŏngil could think of nothing else to say.

"They say that the gatekeeper snake at the West Gate has been out and about."

Pyŏngil said nothing, and the man stopped his work as if he were about to explain the details of a great event. He began with the words, "Yesterday evening, when a gentle rain was falling..."

하고 말을 시작하였다.

　어떤 사람이 우산을 받고 성문 안으로 들어갈 때에 누각 기왓장이 스치고 발 앞에 철석철석 떨어졌다. 그래 쳐다본즉 그 넓은 기왓골에 십여 골이나 걸친 큰 구렁이가 박죽[22] 같은 머리를 내두르고 있었다고 한다. 사람들은 모여들었다. 그중에 날쌘 젊은이가 올라가서 잡으려고 하였다. 노인들은 성 문지기 구렁이를 해하면 재변이 난다고 야단쳤다. 갈기려는 채찍을 피하여 달아나는 구렁이를 여기 간다 저기 간다 하며 잡지 말라는 노인들을 둘러싼 젊은이들은 문루에 올라간 사람을 지휘하며 웃고 떠들었다. 마침내 구렁이는 수많은 기왓골 틈으로 들어가 숨고 말았다. 안심한 노인들은 분한 것 놓쳤다고 떠드는 젊은이들 틈에서 이 여름에는 무서운 홍수가 나리라고 걱정하였다고 한다.

　"노인들의 증험[23]이 틀리지 않습네다."

하고 그의 말은 끝났다.

　"글쎄요?"

　병일이는 이렇게 똑 같은 대답을 세 번이나 뇌기가 미안하였다. 그렇다고 '설마 그럴라구요' 하였다가 이 완고한 젊은이의 무지와 충돌하여 부질없는 얘기가 벌

Someone was walking under the West Gate holding an umbrella when suddenly some tiles from the gate scraped the side of his umbrella and landed at his feet with a crash. He looked up to see an enormous snake stretching across more than ten of the wide furrows in the roof and brandishing a head the size of a rice scoop. Crowds of people gathered around. An agile young man from the crowd climbed up onto the gate and attempted to catch the snake. All the old people were causing a fuss, saying that if the gatekeeper snake were hurt something terrible would happen. While the old people kept saying to leave the snake alone, the young people gathered around, laughing raucously and shouting out directions to the young man who had gone up onto the gate—it's here, no it's over there—as the snake slid around and evaded the cracking whip. Finally the snake had slid between some of the tiles and disappeared. The youngsters grumbled that it had got away, but the old people, although relieved, began to worry that the floods would be severe this summer.

The story ended with the words, "The old people's warnings usually come true."

"Really?" Pyŏngil felt awkward that he had now ut-

어지게 되면―. 귀찮은 일이다.

그때에 현관문으로 작은 식함[24]이 들어왔다. 오늘 만든 듯한 새 사진을 붙이고 있던 주인은 일감을 밀어 치우고 식함에 놓인 술병과 음식 그릇을 테이블 위에 받아놓고 의자를 당겨 앉으며,

"자, 우리 같이 먹읍시다. 이미 청하였던 것이지만."
하고 술을 따라서 병일이에게 건네었다.

병일이는 코끝에 닿을 듯한 술잔을 피하여 물러앉으며,

"미안합니다만 나는 술을 먹지 않습니다."
하고 거절하였다.

"그러지 마시구 자, 한잔 드시우. 자, 이미 권하던 잔이니 한 잔만―"

아직 인사도 안 한 그가 이렇게 치근거리며 술을 권하는 것이 불쾌하였다. 그래서 여러 번 거절하여 보았다. 그러나 이렇게 굳이 권하는 것은 이런 사람들의 호의로 생각할밖에 없었고 더구나 돌아가는 잔이라든가 권하던 잔이라든가 하는 술꾼들의 미신적 습관을 짐작하는 병일이는 끝끝내 거절할 수가 없었다.

마지못해서 받아 마시고는 잔을 그이 앞에 놓았다. 술

tered the same response three times in a row. On the other hand, it would be most bothersome if he said, "Do you really think so?" and the talk turned into a futile complaint about the ignorance of young people.

Just then a small food box was delivered to the entrance. The man had been busy pinning up new photographs that he must have developed that day, but now he put his work aside, placed the bottle of rice wine and food dishes from the food box on the table and pulled up a chair.

"Well, let's eat together. I'm afraid I had already ordered this..."

And he poured a drink, which he offered to Pyŏngil.

Pyŏngil leant back from the cup, which seemed to touch his nose, and declined, saying, "I'm sorry but I don't drink."

"Oh, don't say that, just have one cup. I've already offered it to you, so why not just have one..." It was quite unpleasant the way he pestered Pyŏngil to drink without even having introduced himself. And so Pyŏngil refused several times. Yet there was no reason to think that the drink was offered out of anything other than goodwill and, moreover, Pyŏngil could imagine all those superstitious cus-

을 따라서 잔을 건네면 이 술추렴[25]에 한몫 드는 셈이
되겠는 고로 빈 잔을 놓은 것이었다.

"자ㅡ, 이걸 좀 뜨시우. 이미 청하였던 음식이라 도로
혀 미안하외다만ㅡ"

이렇게 말하며 일변 손수 술을 따라 마시면서 초계탕
그릇을 병일이에게로 밀어놓는다.

"자, 좀 뜨시우."

이렇게 다지고 그는 안으로 들어가서 은수저 한 벌을
더 가지고 나와서 자기가 마침 떠먹으며,

"어ㅡ 시원해. 하루 종일 밥벌이하느라고 꾸벅꾸벅 일
하다가 이렇게 한잔 먹는 것이 제일이거든요."

이러한 주인의 말에 병일이는 한 번 더 '글쎄요' 하는
말이 나오려는 것을 누르고,

"피곤한 것을 잊게 되니깐 좋을 것입니다."

이렇게 동정하는 병일이의 대답에 사진사는,

"참 좋아요. 아시다시피 사진 영업이라는 것은 기술이
니만치 뼈가 쏘게[26] 힘드는 일은 아니지만 매일 암실에
서 눈과 뇌를 씁니다그려. 그러다가 이렇게 한잔ㅡ"
하며 그는 손수 술을 따라 마시고 나서,

"일이 그렇게 많습니까?"

toms of such drinkers about wine cups having to be passed around, or never refusing a drink once offered, and so he could not hold out until the very end.

He had no option but to empty the cup and place it in front of the man. If he poured a drink and passed the cup on he would be playing his part in this drinking party and so he put the empty cup back down.

"Well now, try some of this. I'm afraid I had already ordered though."

The man poured himself a drink as he said this and pushed the chilled chicken soup towards Pyŏngil.

"Yes, do try some." He urged Pyŏngil again as he fetched another set of cutlery from out the back and began to try the soup himself.

"Oh, that's refreshing. Nothing beats a drink after a hard day's work."

Pyŏngil swallowed the word "really" that was about to leave his lips one more time and instead tried to offer his sympathy,

"It must feel good when you're tired."

"Oh it feels good, all right. As you know, the photography business is all about technology and

하고 묻는 병일이에게 잔을 건네며,

"그저 심심치 않지요. 또 혹시 일이 없어서 돈벌이를 못 할 날이면 술을 안 먹고 자고 마니까요, 하하."

이렇게 쾌하게 웃으며 연하여 술을 마시는 오늘은 돈벌이가 많았던 모양이었다.

병일이도 그가 권하는 대로 술잔을 받아 마시었다.

다소 취기가 돈 듯한 사진사는 병일이의 잔에 술을 따르며,

"참 하시는 사업은 무엇이신가요? 하긴 우리―피차에 인사도 안 했겠다. 그러나 나는 선생이 늘 이 앞으로 지나시는 것을 보았지요. 이렇게 합석하기는 처음이지만. 나는 저― 이칠성이라고 불러주시우. 그리구 앞으로 많이 사랑해 주시우―"

이같이 기다란 인사가 끝난 후에 사진사는 병일이를 긴상이라고 불러가며 더욱 친절히 술을 권하면서,

"긴상두 독립적으로 사업을 시작하시우. 나두 어려서부터 요 몇 해 전까지 월급생활을 했지만―"

하고 자기의 내력을 말하기 시작하였다.

병일이는 방금 말한 자기의 직업적 지위와 대조하여 사진사가 이같이 갑자기 선배연하는 태도로 말하는 것

so it's not the kind of work that gives you aches and pains, but you do have to be in the dark room every day using your eyes and brain. Then to have a cup like this..."

He poured another cup, emptied it and passed the cup to Pyŏngil, who was asking,

"Do you have very much work?"

"Just enough to keep me from getting bored. And if there's no work and I make no money, then I don't drink but just go to bed early, ha ha..."

From the way he laughed so contentedly and downed cup after cup, it appeared that he had made a lot of money that day.

Pyŏngil accepted another cup. By now the photographer was a little inebriated as he poured Pyŏngil another drink.

"So, what's your business, sir? Oh, but we haven't introduced ourselves yet, have we? I always see you walking past. Athough this is the first time we have sat down together. Well, my name is Yi Ch'ilsŏng. I'm very pleased to make your acquaintance."

After their long introductions were over, the photographer proceeded to call Pyŏngil Mr. Kin, dropping the "sir," and poured him a drink in an even more familiar manner.

이 역하였다.

　그래서 그의 내력담에 경의를 가지기보다도 그와 이렇게 마주 앉게 된 것을 후회하면서 일종의 경멸과 불쾌감으로 들었다.

　내력담으로 추측하면 지금 그의 나이는 스물다섯이나 여섯일 것이다.

　그가 삼 년 전에 비로소 이 사진관을 시작하기까지 열세 살부터 십여 년 동안 그의 적공은 그의 사진술(?)과 지금 병일이의 눈앞에 보이는 이 독립적 사업으로 나타났다는 것이었다.

　내력담을 마친 그는 등 뒤의 장지문을 열어젖히며,

　"여기가 사장(寫場)[27]입니다."

하고 병일이를 돌아보며 일어서서 안내하였다.

　사장 안의 둔각으로 꺾인 천장의 한 면은 유리를 넣었다. 유리 천장 밖으로 보이는 하늘은 캄캄하였다. 그리고 거기 내리는 빗소리는 여운이 없이 무겁게 들리었다.

　맞은 벽에는 배경이 걸려 있었다. 이편 방 전등빛에 배경 앞에 놓인 소파의 진한 그림자가 회색으로 그린 배경 속 나무 위에 기대어졌다. 그리고 그 소파 앞에 작

"Mr. Kin, you should start your own business. I was a salaryman too until several years ago."

And he began to recount his life story.

Pyŏngil thought it distasteful that the photographer was suddenly acting his senior now that he knew Pyŏngil's position.

Rather than listening to the photographer's story with respect, he regretted sitting down and even began to feel something approaching disdain and annoyance.

According to the life story it appeared that the man must be twenty-five or six years old.

His achievements during the decade from the age of thirteen until opening this studio three years previous amounted to his photographic skills (?) and this independent business, which Pyŏngil could now see with his own eyes.

At the end of the story the man pushed open the paper sliding door behind him, saying to Pyŏngil, "This is the studio." He then stood up and offered a tour.

One side of the ceiling was built of glass placed at an obtuse angle. The sky outside looked dark through this glass ceiling. And the rain fell on the glass with a heavy sound that did not linger.

은 탁자가 서 있고 그 위에는 커다란 양서 한 권과 수선화 한 분이 정물화같이 놓여 있었다.

사진사는 사장 안의 전등을 켜고 들어가서 검은 보자기를 씌운 사진기를 만지며,

"설비라야 별것 없지요. 이것이 제일 값가는 것인데 지금 사려면 삼백오륙십 원은 줘야 할 겝니다. 그때도 월부로 샀으니깐 그 돈은 다 준 셈이지만─"

하고 자기가 소사로부터 조수가 되기까지 십여 년간이나 섬긴 주인이 고맙게도 보증을 해주어서 그 사진기를 월부로 살 수가 있었다는 것과 지난봄까지 대금을 다 치렀으므로 이제는 완전히 자기 것이 되었다는 것을 가장 만족한 듯이 설명하였다.

그리고 전등을 끄고 나오려던 사진사는 다시 어두워진 사장 안에 묵화 같은 수선화를 보고 섰는 병일이의 어깨를 치며,

"참 여기만 해도 어수룩합네다. 배경이라고는 저것밖에 없는데 여기 손님들은 저 산수 배경 아래에 걸터앉아서 수선화를 앞에 놓고 넌지시 책을 펴들고 백이거든요."

하고 큰 소리로 웃었다. 자리에 돌아온 그가,

A background had been hung on the facing wall. The electric light from the room outside made the dark shadow of the sofa, which was placed in front of the background, lean against a tree that was painted in grey onto that background. There was a small table in front of the sofa on which a large book written in a Western language and a pot of narcissi had been placed, just like in a still life painting.

The photographer turned on the light and stepped into the studio, where he stroked his camera, which was covered with a black cloth.

"I don't have that much equipment. This is the most expensive thing and would cost me three hundred and fifty or sixty won if I had to buy it today. I bought it on monthly installments, although I've paid it all off now..." He explained with great satisfaction how grateful he was to his boss of more than ten years—from his days as an errand boy and then an assistant—for acting as a guarantor so that he could buy this camera in monthly installments, and that the camera was now all his, since he had paid the final installment last spring.

Then he turned the light out in order to step back into the front room and Pyŏngil thought he was

"차차 배경도 마련하여야겠습니다."

하는 것으로 보아서 결코 그는 자기의 직업적 안목으로 손님들을 웃어주는 것이 아니요, 이것저것 모든 것이 만족하여서 견딜 수가 없다는 웃음으로 병일이는 들었다.

부채로 식히고 있는 그 얼굴의 칼자국 같은 미간의 주름살도 거의 펴진 듯이 보이었다.

사진사는 더욱더욱 유쾌하여지는 모양이었다. 그것이 술 취한 그의 버릇인지—, 그는 아까부터 바른손으로 자기의 바른편 귓쪽을 잡아 훑으며 수다스럽게 이야기를 벌이고 있었다.

병일이는 작은 귤쪽같이 빨개진 사진사의 바른편 귀를 바라보면서 하품을 하며 듣고 있었다.

사진사는 다시 한 번 귓쪽을 잡아 훑으며,

"긴상은 몸이 강해서 그다지 더운 줄을 모르겠군요. 나는 술살인지 작년부터 몸이 나기 시작해서—제기 더웁기라니—노인들의 말씀같이 부해져서 돈이나 많이 모으면 몰라도 밤에—"

하고 그는 적삼 아래 드러난 배를 쓸면서 병일이에게는 아직 경험이 없는 침실의 내막을 얘기하고 큰 소리로

looking at a China ink painting as he stared at the narcissi in the now dark studio. The photographer patted him on the shoulder,

"It's quite simple really. That's all that I've got to call a background, but I sit the customers in front of that landscape, place the narcissi in front of them and then take their pictures as they quietly hold the book open."

He laughed loudly and as he sat down again added, "I must get around to making a better background." He certainly did not seem to be making fun of his customers but rather laughing at everything with an unbearable sense of satisfaction.

Even the scar-like furrow in his brow seemed to smooth out as he cooled his face with a fan.

The photographer's mood seemed only to improve. In what appeared to be a habit of his when drunk he kept twisting his right ear with his right hand as he chattered on and on.

Pyŏngil yawned and stared at that right ear, which by now was as red as a tangerine slice.

Taking hold of the ear once more, the photographer continued to talk,

"Mr. Kin, you're strong enough that you probably don't feel the heat. Maybe it's the drink, but I've

웃었다. 그리고 얼굴이 붉어진 병일이를 건너다보며 어서 장사를 시작하고 하루바삐 장가를 들어서 사람 사는 재미를 보도록 하라고 타이르는 듯이 말하였다.

병일이는 '사람 사는 재미라니? 어떻게 살아야 재미나게 살 수 있느냐?'고 사진사에게 물어보고 싶기도 하였으나 들어야 딴은 나는 그 말이려니 생각되어 다시 한 번 "글쎄요"를 뇌고 기지개를 켜면서 시계를 쳐다보았다.

열 시가 지난 여름밤에―. 어느덧 빗소리도 가늘어졌다.

비가 멎기를 기다려서 가라고 붙잡는 사진사에게 내일 다시 오기를 약조하고 우산을 빌려 가지고 나섰다.

몇 걸음 안 가서 돌아볼 때에는 쇼윈도 안의 불은 이미 꺼지었다. 캄캄한 외짝 거리의 점포들은 모두 판장문이 닫혀 있었다. 문틈으로 가늘게 새어 나오는 불빛에 은사실 같은 빗발이 지우산[28] 위에서 소리를 낼 뿐이었다.

얼굴을 스치는 밤기운과 손등을 때리는 물방울에 지금까지 흐려졌던 모든 감각이 일시에 정신을 차리는 것 같았다.

been putting on weight since last year... oh boy, is it hot... as the old people say, if you get fat and make some money, then when the night comes..."

Stroking the stomach that spilled out from under his jacket and all the while laughing loudly, he began to talk about matters of the bedroom of which Pyŏngil was still innocent. When he saw that Pyŏngil was blushing madly, he urged, almost admonished, him to start a business, get married quickly and discover the joys of life.

Pyŏngil wanted to ask more about those joys and what he would have to do to find them, but the thought of listening to more of the photographer's sweaty words made him just utter "really" yet again and glance at his watch while stretching.

It was past ten on a summer's night... At some point the rain appeared to have eased a bit.

The photographer urged him to wait for the rain to stop completely, but Pyŏngil borrowed an umbrella, promising to return the following day.

He had not walked many steps when he turned around and saw that the light in the show window had already been turned off. All the shutters on the storefronts were closed on the dark lopsided street. Streaks of rain glistened like threads of silver

빈 터 초평에서 한두 마리의 청개구리 소리가 들려왔다. 병일이는 걸음을 멈추고 귀를 기울였다. 얼마 기다려서야 맹꽁맹꽁 우는 소리를 한두 마디 들을 수가 있었다.

때리는 빗방울에 눈을 껌벅이면서 맹꽁맹꽁 울 적마다 물에 잠긴 흰 뱃가죽이 흐물거리는 청개구리를 눈앞에 그리어 보았다.

청개구리의 뱃가죽 같은 놈! 문득 이런 말이 나오며 병일이는 자기도 모를 사진사에게 대한 경멸감이 떠올랐다.

선득선득하고 번질번질한 청개구리의 흰 뱃가죽을 핥은 듯이 입 안에 께끔한[29] 침이 돌아서 발걸음마다 침을 뱉었다. 그리고 숨결마다 코 앞에 서리는 술내가 역하여서 이리저리 얼굴을 돌리는 바람에 그의 발걸음은 비틀거리었다.

내가 취하였는가? 하는 생각에 그는 정신을 차리었으나 떼어놓는 발걸음마다 철벅철벅 하는 진흙물 소리가 자기 외에 다른 누가 따라오는 듯하여 자주 뒤를 돌아보기도 하였다.

청개구리의 뱃가죽 같은 놈! 하는 생각에 그는 자주

in the light that seeped out faintly from between the gaps in the doors, and fell noisily on his paper umbrella.

With the night air hitting his cheeks and the rain-drops striking his palms, clarity suddenly returned to his senses, which had seemed all too hazy be-fore.

A couple of frogs croaked in the empty grass plot. Pyŏngil stood still and strained his ears. He did not have to wait long before he heard them croak again.

He could just picture those frogs, eyes blinking from the raindrops beating down on them and white stomachs wobbling under the water with each croak.

That bastard of a frog's stomach! Suddenly these words slipped out and Pyŏngil felt a disdain for the photographer that he had not noticed before.

A foul taste of saliva filled his mouth, as if he had actually licked the white stomach of a cold and slippery frog, so that he had to spit with each step he took. The stench of alcohol steaming past his nose with every breath sickened him and his steps faltered as he tried to turn his face away.

Am I drunk? The thought brought him to his

침을 뱉으며 좁은 골목에 들어섰다.

거기는 빗소리보다도 좌우편 집들의 처마에서 떨어지는 낙숫물 소리가 어지럽게 들리었다.

동편 집들의 뒷담은 무덤과 같이 답답하게 돌아앉아 있었다. 문을 열어놓은 서편 집들의 어두운 방 안에서는 후끈한 김이 코를 스치고 아이들의 울음소리와 여인들의 잠꼬대 소리가 들리었다.

그리고 간혹 작은 칸델라(휴대용 석유등)를 켜놓은 방 안에는 마른 지렁이 같은 늙은이의 팔다리가 더러운 이불 밖에서 움직이며 가래 걸린 말소리와 코 고는 소리가 들리기도 하였다.

병일이는 아침에나 초저녁에는 볼 수 없던 한층 더 침울한 이 골목에 들어서 좌우편 담에 우산을 부딪치며,

'이것이 사람 사는 재미냐? 흥, 청개구리의 뱃가죽 같은 놈!'

이렇게 중얼거리며 다시 침을 뱉으며 걸었다.

뒤에서 찌릉찌릉하는 종소리가 들리었다. 누렇게 비치는 초롱을 단 인력거가 오고 있었다.

병일이는 비틀거리는 걸음으로 앞서기가 싫어서 한

senses somewhat, but with each step the splish splash of the muddy water sounded like someone was following behind and he kept turning around anxiously.

That bastard of a frog's stomach! The thought made him spit some more as he turned into the narrow alley.

Once in the alley, the sound of the rainwater falling off the eaves on both sides made him feel more dizzy than the noise of the rain itself.

On the eastern side the back walls were crammed in together more tightly than tombs. From the west he could smell the hot air that pushed out through the open doors of dark rooms along with the sound of crying children and gossiping women.

Here and there wizened old limbs, like dried snakes, shifted from under dirty quilts in rooms lit by small oil lamps, phlegm was hacked up and snores resounded.

To Pyŏngil the alley seemed even more dismal than in the morning and early evening as he walked up it with his umbrella scraping both sides.

Were these the joys of life? That frog's stomach of a bastard! He mumbled to himself and spat as he walked along.

편으로 길을 비키고 섰다. 가까이 온 인력거의 초롱은 작은 갓모 같은 우비 아래서 덜덜 떨고 있었다. 반쯤 기운 병일이의 우산 끝을 스치고 지나가는 인력거 안에서,

"아이 참 골목두 이렇게 좁아서야."

하고 두세 번 혀를 차는 소리가 들리었다.

"아씨두, 이전 아랫거리에 큰 집이나 한 채 사시구 가셔야지요."

인력거꾼이 숨찬 말소리로 이렇게 말하자,

"아이 어느새 머어—"

하는 기생의 말소리가 그치었으나 캄캄한 호로(포장)[30] 안에서 그 대꾸를 들으려고 귀를 갸웃하고 기다리는 양이 상상되는 음성이었다.

"왜요, 아씨만 하구서야—"

이렇게 하려던 말을 채 마치지 못하고 숨이 찬 인력 거꾼은 한 손으로 코를 풀었다.

"그렇지만 큰 집 한 채에 돈이 얼마기—"

이렇게 혼잣말같이 하는 기생의 말소리는 금시에 호적한 맛이 있었다. 인력거꾼은,

"아씨 같이 잘 불리면 삼사 년이면 그것쯤이야—"

A bell rang out from behind. A rickshaw lit by a yellow lantern was approaching.

Pyŏngil did not want to be seen tottering in front of it and so stood to one side. Once it drew closer he could see that the lantern was flickering under some kind of small rain hat. The rickshaw passed by, scraping the umbrella that he had half folded down, and a voice from inside lamented, "Oh, why do these alleys have to be so narrow?"

"Madam should buy a big house on the road below and move there," gasped the rickshaw man in reply.

"Oh, that'll be the day..." The kisaeng's voice broke off, but it was enough for Pyŏngil to be able to imagine her sat beneath the dark awning, straining her ears to hear the reply.

"Why, with the amount madam must earn..." Catching his breath, the rickshaw man stopped mid-sentence to blow his nose.

"I wonder how much a big house would cost..." Suddenly her voice took on a desolate tone as she talked to herself.

"It wouldn't take more than three or four years for someone who earns as much as madam." He finished his sentence in a comforting voice, but there

하고 기생을 위로하듯이 아까 하던 말을 이었다. 그러나 호로 안에서는 잠깐 잠잠하였다가,

"수다 식구가 먹고 입고 사는 것만 해두 여간이 아닌데."

하는 기생의 말소리는 더욱 호적하였다. 인력거꾼도 말을 끊었다. 초롱불에 희미하게 비치는 진흙물에 떼어놓는 발걸음 소리만이 무겁게 들리었다.

인력거는 작은 대문 앞에 멎었다. 컴컴한 처마 끝에는 빗물이 맺혀서 뜨고 있는 동그란 문등이 흰 포도알같이 작게 비치고 있었다.

인력거에서 내린 기생은 낙숫물을 피하여 날쌔게 대문 안으로 들어갔다. 그리고 다시 대문 밖을 내다보며 인력거꾼에게,

"잘 가요."

하고 어린애와 같이 웃는 얼굴로 사라졌다.

병일이는 늙은 인력거꾼이 잡고 선 초롱불에 기생의 작은 손등을 반쯤 가린 남길솜과 동그란 허리에 감싸 올린 옥색 치마 위에 늘어진 붉은 저고리 고름을 보았다. 그것이 어린애와 같이 웃는 기생의 흰 얼굴과 어울려서 더욱 어리게 보이었다.

was silence inside the awning before she spoke in an even more desolate tone,

"But it's expensive to feed and clothe a large family." The rickshaw man was silent. Only the heavy splashing of his feet could be heard as he stepped in the muddy puddles that shone faintly in the lantern light.

The rickshaw stopped before a small gate. A tiny round lantern shone like a white grape floating in the rain pouring off the edge of the dark eaves.

The *kisaeng* stepped down from the rickshaw and swiftly rushed through the gate to avoid the falling water. Then she looked back out to say goodbye to the rickshaw man before disappearing inside with a child's smile.

In the light of the lantern held by the old rickshaw man Pyŏngil caught a glimpse of the sleeves half covering her tiny hands and the red jacket tie hanging down over her colorful skirt, which she had pulled up to her round waist. They matched her pale young face and made her look younger still.

Yet the words she had just exchanged with the rickshaw man and her desolate voice, which had finished that brief conversation with a confession of

그러나 이제 인력거꾼과 하던 말과 그 짧은 대화의
끝을 콤비한 생활고의 독백으로 마치던 그 호적한 말씨
는 결코 어린애의 말이라고 들을 수는 없었다.

대문 안에 사라진, 미상불 갓 깬 병아리 같은 솜털이
있을 기생의 얼굴을 눈앞에 그리며 그의 이야기 소리가
귓가에 남아 있는 병일이의 머릿속에는 어릴 때 손가락
을 베었던 의액이[31] 풀잎이 생각난다.

연하면서도 날카로운 의액이의 파란 풀잎이 머릿속
을 스치고 사라지자 병일이의 신경은 술에서 깨어나는
듯하였다.

돌아가는 인력거의 초롱불에 자기의 양복바지가 말
못 되게 더러운 것을 발견하고 병일이는 하염없는 웃음
이 떠오름을 깨달았다.

하숙방에 돌아온 병일이는 머리맡에 널려 있는 책을
모아 쌓아서 베고 누웠다.

그는 천장을 쳐다보며 이 년래로 매일 걸어다니는 자
기의 변화 없는 생활의 코스인 (오늘 밤 비 오는) 길에서
보고 들은 생활면을 다시 한 번 바라보았다.

그것은 새로운 것도 아니었다. 물론 진기한 것도 아니
었다. 오히려 그 같은 것을 머릿속에 담아두고서 생각

her hard life, were not those of a child.

After she had disappeared that voice still lingered in Pyŏngil's ears and her face with the soft down of a freshly-hatched chick still hovered before his eyes, and they reminded him of a blade of grass that had cut his finger when he was a child.

When that green grass, so soft but so sharp, passed before his eyes his nerves seemed to throw off the effects of the alcohol.

Pyŏngil even found himself smiling with bemusement when the rickshaw passed by once more and the light of the lantern revealed the dirt on his own trousers.

He reached his boarding room and laid down, resting his head on a couple of books that had been lying around.

Gazing up at the ceiling, he watched again those scenes of life he had witnessed and heard on that road (where it was raining tonight), which was the never-changing course of his life that he had walked every day for the past two years.

This was nothing new. And, of course, it was nothing unusual. It was so ordinary and unremarkable that it was rather he who was strange for storing such things in his head and thinking about

하는 자기가 이상하리만큼 평범하고 속된 것이었다. 그러나 그같이 음산하게 벌어져 있는 현실은 산문적이면서도 그 산문적 현실 속에는 일관하여 흐르고 있는 어떤 힘찬 리듬이 보이는 듯하였다. 그리고 그 리듬은 엄숙한 비판의 힘으로 변하여 병일이의 가슴을 답답하게 누르는 듯하였다.

'내게는 청개구리의 뱃가죽만 한 탄력도 없고 의액이 풀잎 같은 청기(靑氣)도 날카로움도 없지 않은가?'

이러한 반성이 머릿속에 가득 찬 병일이는 용이히 올 것 같지 않은 잠을 청하려고 눈을 감았다.

우울한 장마는 계속되었다. 그것은 태양의 얼굴과 창공과 대지를 씻어낼 패기 있는 폭풍우를 그립게 하는 궂은비였다.

이 며칠 동안에는 얼굴을 편 태양을 볼 수가 없었다. 혹시 비가 개는 때라도 열에 뜬 태양은 병신같이 마음이 궂었다.

오래간만에 맞은편 하늘에 비긴 무지개를 반겨서 나왔던 아이들은 수목 없는 거리의 처마 아래로 다시 쫓

them. Yet although that dreary reality spread out before him was prosaic, he also thought he could see some more powerful rhythm flowing through that prosaic reality. The rhythm seemed to transform into the force of a grave criticism bearing down on Pyŏngil's chest.

I have neither the elasticity of a frog's stomach nor the spirit and sharpness of a blade of grass, do I?

With his head full of such reflections he closed his eyes, urging on the sleep that it seemed would come only with difficulty.

The dreary rains dragged on. It was the kind of persistent rain which provokes the yearning for a violent storm ambitious enough to wash clear the face of the sun, the blue sky and the earth.

That sun had not shown its face for several days. Even when the rain did clear up for a while, the feverish sun was as ill-tempered as an invalid.

Children rushed out in joy at the sight of a long-absent rainbow stretching across the sky ahead of them, but they soon had to be chased back under the eaves in the treeless street.

겨갈밖에 없었다.

밤하늘에는 별들도 대개는 불을 켜지 않았다. 쉴 새 없이 야수떼 같은 검은 구름이 달리었다. 그러고는 또 비가 구질구질 내리었다. 빗물 고인 웅덩이에는 수없는 장구벌레들이 끊어낸 신경 줄기같이 꼬불거리고 있었다.

병일이는 요즈음 독서력을 전혀 잃고 말았다.

어느 날 밤엔가 늦도록 『백치(白痴)』를 읽다가 잠이 들었을 때에 도스토옙스키가 속 궁군 기침을 하던 끝에 혈담을 뱉는 꿈을 꾸었다. 침과 혈담의 비말[32]을 수염 끝에 묻힌 채 그는 혼몽해져서 의자에 기대고 눈을 감았다. 그의 검은 눈자위와 우므러진 뺨과 검은 정맥이 늘어선 벗어진 이마 위에 솟은 땀방울을 보고 그의 기진한 숨소리를 들으며 눈을 떴었다. 그때에 방 안에는 네 시를 치려는 목종(木鐘)의 기름 마른 기계 소리만이 서걱서걱 들릴 뿐이었다.

이렇게 잠을 잃은 병일이는 『백치』 권두에 있는 작자의 전기를 다시 한 번 훑어보았다. 전기에는 역시 병일이가 기억하고 있는 대로 이 문호의 숙환[33]으로는 간질의 기록만이 있을 뿐이었다.

Even the stars in the night sky did not turn their lights on very often. An endless stream of black clouds rushed by like herds of wild beasts. And then the rain fell again. A myriad mosquito larvae wriggled in the rainwater pools like amputated nerves.

Recently Pyŏngil had completely lost the strength to read.

One night he had fallen asleep very late after reading *The Idiot* and had dreamt of Dostoevsky spitting up bloody phlegm after a long empty cough. Dostoevsky was leaning over a chair, eyes closed and semi-conscious with blood and spit splashed all over his beard. Pyŏngil saw the dark circles around the eyes, the sunken cheeks and beads of sweat gathering on the broad forehead threaded with black veins, and he could still hear the exhausted breathing when he opened his eyes. The only sound in the room was the dry chime of the unoiled wooden bell striking four o'clock.

Having woken up like this, Pyŏngil took one more look at the biographical note on the author at the front of *The Idiot*. It was just as he had remembered; the only chronic disease recorded in the note was the epilepsy from which the literary giant

도스토옙스키의 동양인 같은 수염에 맺혔던 혈담은 어릴 적 기억에 남아 있는 자기 아버지의 주검의 연상으로 생기는 환상이라고 생각하였다.

근자에 병일이는 사무실에서 장부 정리를 할 때에도 혹시 후원에서 성낸 소와 같이 거닐고 있던 니체가 푸른 이끼 돋친 바위를 붙안고 이마를 부딪치는 것을 상상하고 작은 신음 소리가 나오려는 것을 깨닫고는 몸서리를 치기도 하였다.

그럴 때마다 곁에서 담배를 피우며 신문을 뒤적이고 있는 주인을 바라볼 때 신문 외에는 활자와 인연이 없이 살아갈 수 있는 그들의 생활이 부럽도록 경쾌한 것 같았다. 사실 월급에서 하숙비를 제하고 몇 푼 안 남는 돈으로 탐내어 사들인 책들이 요즘에는 무거운 짐같이 겨웠다.

활자로 박힌 말의 퇴적이 발호하여서 풍겨오는 문학의 자극에 자기의 신경은 확실히 피곤하여졌다고 병일이는 생각하였다.

피곤한 병일이는 사무실에서 돌아올 때마다 이 지루한 장마는 언제까지나 계속할 셈인가고 중얼거리었다.

지금부터는 마음대로 할 수 있는 '나의 시간'이라고 생

had suffered.

The bloody phlegm dotting Dostoevsky's oriental-looking beard must have been a phantasm produced by the memory of his own father's death when he was young.

Recently even when he was tidying up the account ledger at the office he would see Nietzsche pacing up and down like an enraged bull in a backyard, clasping a mossy green rock to his chest and striking his own head. Then Pyŏngil would feel himself about to let out a groan and a shiver would run down his spine.

Each time this happened he would look over at his boss, smoking a cigarette while turning the pages of the newspaper, and would be envious of those who seemed happy living with no other ties to print than the newspaper. In fact the books that he had so coveted and purchased with the few coins left over from his salary after paying his rent felt more like a burden recently.

His nerves must have been exhausted by the stimuli of literature, by the rampant proliferation of piles of words compressed into type.

Every day when he arrived home from the office tired, he would grumble to himself about when the

각하며 돌아가는 길에 언제나 발을 멈추고 바라보는 성문을 요즈음에는 우산 속에 숨어서 그저 지나치는 때가 많았다. 혹시 생각나서 돌아볼 때에는 수없는 빗발에 씻기우며 서 있는 누각을 박쥐조차 나들지 않았다. 전날 큰 구렁이가 기왓장을 떨어쳤다는 말이 병일이에게는 육친의 시체를 보는 듯한 침울한 인상을 주는 것이었다.

모기 소리와 빈대 냄새와 반들거리다가 새침히 뛰어오르는 벼룩이 기다릴 뿐인 바람 한 점 없는 하숙방에서 활자로 시꺼멓게 메워진 책과 마주 앉을 용기가 없어진 병일이는 어떤 유혹에 끌리듯이 사진관으로 찾아가게 되었다.

사진사도 병일이를 환영하였다. 그리고 거기는 술과 한담이 있었다.

아직껏 취흥을 향락해 본 경험이 없던 병일이는 자기도 적지 않게 마시고 제법 사진사와 같이 한담을 주고받을 수 있다는 것이 만족하게 생각되기도 하였다.

사진사가 수다스럽게 주워섬기는 이야기를 듣고 있는 동안에 병일이는 문득 자기를 기다릴 듯한 어젯밤 펴놓은 대로 있을 책을 생각하고 시계를 쳐다보기도 하

tedious rains would end.

Whereas he had always stopped to look up at the gate tower on his way home, thinking that this was now "his own time," recently he would more often than not simply pass by, hiding under his umbrella. When he occasionally remembered to look up, not even the bats were flying out of the tower, which was being washed by the endless streaks of rain. The story about the snake knocking down tiles made him feel depressed, as if he had looked at a relative's corpse.

He lost the courage to sit down in front of those books crammed full of black type in his airless room, where all that awaited him was the whining of mosquitoes, the smell of bedbugs and fleas intermittently leaping around, and he began to visit the photographer, as if lured by some kind of temptation.

The photographer also welcomed Pyŏngil's visits. There would be drinking and idle talk.

Pyŏngil was new to the delights of drinking and even felt a certain satisfaction that he could drink his share and give and take in the exchange of idle gossip.

While listening to the photographer's rambling

였으나 문밖에 빗소리를 듣고는 누구에 대한 것인지도 모를 송구한 마음을 가라앉히는 것이었다. 그럴 때마다 그는 이야기에 신이 나서 잊고 있는 사진사의 잔을 집어서 거푸 마시었다.

밤 열두 시가 거진 되어서 하숙으로 돌아가는 병일이는 비를 맞는 것이 오히려 마음이 편하였다. '이것이 무슨 짓이냐!' 하는 반성은 갈라진 검은 구름 밖으로 보이는 별 밑에 한층 더하므로 '이 생활은 일시적이다. 장마의 탓이다' 하는 생각을 오는 비에 핑계하기가 편하였던 것이다.

책상 앞에 돌아온 병일이는 '내 마음대로 할 수 있는 시간'이 모두 없어진 것을 새삼스럽게 느끼고 있는 자기를 발견하는 것이었다.

이른 아침 시간을 위하여 자야 할 병일이는 벌써 깊이 잠들었을 사진사의 코 고는 소리가 들리는 듯하여 잠이 오지 않았다.

요즈음 사진사는 술을 사양하는 때가 있었다. 손이 떨려서 사진 수정에 실수가 많으므로 얼마 동안 술을 끊어볼 의사가 있다는 것이었다. 이 장마에 손님이 없어서 그이 역시 우울하게 지내는 모양이었다. 그러나 병

chatter, Pyŏngil would suddenly remember the book left open from the night before as if waiting for him and would look at the clock, but the sound of the rain would help calm the unease arising from nowhere in particular. Each time this happened he would pick up the cup, forgotten by the photographer in the excitement of his own words, and drink gulp after gulp.

As he returned to his room just before midnight, Pyŏngil felt almost relieved to be caught in the rain. "What am I doing?" he would wonder, as he stood beneath the stars peeking out from between the black clouds. But it was easy to blame his actions on the rain with the thought that, "This life is only temporary. It's all because of the rain."

When he sat down at his desk he would realize yet again that all of his "own time" was gone already.

He needed to go to sleep in order to get up early the next morning, but instead he would lie awake, feeling as if he could hear the snores of the photographer already in a deep sleep.

Lately there had been times when the photographer had declined to drink. He had decided to give up the drink for a while as he was making so many

일이가 술을 사서 권하면 서너 잔 후에는 이내 유쾌해
지는 것이었다.

　오늘도 유쾌해진 사진사가 병일이에게 잔을 건네며,

　"긴상, 밤에는 무엇으로 소일하시우—."
하고 물었다.

　전에는 사진사가 주워섬기는 화제는 대부분이 사진
사 자신의 내력과 생활에 관한 이야기요 자랑이었다.
혹시 도를 지나치는 그의 살림 내정 이야기에 간혹 미
안히 생각되는 때가 있었으나 마음 놓고 들으며 웃을
수 있었던 것이었다.

　그렇던 것이 이 며칠은 병일이의 술을 마시는 탓인지
사진사는 병일이의 생활을 화제로 삼으려는 것이 현저
하였다.

　병일이가 월급을 얼마나 받느냐고 물은 것이 벌써 그
저께였다.

　어젯밤에는 하숙비는 얼마나 내느냐고 물은 다음에
흐지부지 허튼 돈을 안 쓰는 긴상이라 용처로 한 달에
기껏 육 원을 쓴다치고라도 한 달에 칠팔 원은 저금하
였을 터이니 이태 동안에 소불하[34] 이백 원은 앞세웠으
리라고 계산하였다. 그 말에 병일이는 웃으며 글쎄 그

mistakes during development because of his shaky hands. With no customers due to the rain, he too seemed to be feeling melancholy. But if Pyŏngil bought some rice wine and urged him, after three or four cups he would soon cheer up.

This was another one of those days when he had cheered up and, as he passed the cup to Pyŏngil, he asked, "What do you do in the evenings, Mr. Kin?"

Up until now most of the subjects the photographer had brought up contained tales and boasts about his own past and lifestyle. There were times when Pyŏngil felt embarrassed by the excessively private nature of the stories, but he listened patiently and smiled.

However, in the past few days the photographer had evidently been trying to turn the subject of conversation towards Pyŏngil's life, maybe because it was Pyŏngil who had been buying the drinks.

Two days before he had already asked how much Pyŏngil earned.

The previous night, after asking about his rent, the photographer had calculated that, since Mr. Kin was not taken to wasting money here and there, he must be saving seven or eight won a month, even if

랬더라면 좋았을걸 아직 한 푼도 저축한 것이 없다고 하였더니 내가 긴상에게 돈 꾸려고 할 사람이 아니니 거짓말할 필요는 없다고 서두르다가 정말 돈을 앞세우지 못하였다면 그 돈을 무엇에다 다 썼을까고 대단히 궁금해하는 모양이었다.

사진사가 오늘 이렇게 묻는 것도 그러한 궁금증에서 나오는 말인 것을 짐작하는 병일이는 하기 싫은 대답을 간신히,

"갑갑하니까 그저 책이나 보지요."

하고 담배 연기를 핑계로 찡그린 얼굴을 돌리었다. 사진사는 서슴지 않고 여전히 병일이를 바라보며,

"책? 법률 공부 하시우? 책이나 보시기야 무슨 돈을 그렇게…… 나를 속이시는 말인지는 모르지만 혼자서 적지 않은 돈을 저금도 안 하고 다 쓴다니 말이 되오?"

이렇게 말하며 충혈된 눈을 더욱 크게 뜨고 병일을 마주 보는 것이었다.

술이 반쯤 취한 때마다 '사람이란 것은……' 하고 흥분한 어조로 자기의 신념을 말하거나 설교를 하려 드는 것이 사진사의 버릇임을 이미 아는 바이요, 또한 그 설교를 무심중 귀를 기울이고 들은 적도 있었지만 오늘같

he spent as much as six, so over a couple of years he must have put aside at least two hundred won altogether. When Pyŏngil had laughed and replied, "Well, that would be good if it were true, but I haven't saved a penny," the photographer had hastened to add, "I'm not someone who would try to borrow money so there's no need to lie." But then he had become really curious, "Well, if you really haven't saved anything, how did you spend all that money?"

Pyŏngil guessed that this curiosity had prompted today's questioning and answered reluctantly, "I read books when I'm bored." He turned his scowling face to one side with the excuse of exhaling his cigarette smoke. The photographer looked at Pyŏngil and with no hesitation continued,

"Books? Are you studying the law? How can you spend that much money on books? Maybe you're not telling the complete truth, but do you really think it's all right to use all that money yourself without putting any aside?" His bloodshot eyes widened as he stared at Pyŏngil.

Pyŏngil was well aware that after a few drinks it was the photographer's want to expound or even push his beliefs in an excited tone with sentences that would begin, "It is in the nature of man that..."

이 병일이의 생활을 들추어서 설교하려 드는 것은 대단히 불쾌한 것이다.

술에 흥분된 병일이는 '그래 댁이 무슨 상관이오' 하는 말이 생각나기는 하였으나 이런 경우에 잘 맞지 않는 남의 말을 빌리는 것 같아서 용기가 없었다.

그렇다고 '돈을 아껴서 책까지 안 산다면 내 생활은 무엇이 됩니까? 지금 나에게는 도서관에 갈 시간도 없지 않소? 그러면 그렇게 책은 읽어서 무엇 하느냐고 묻겠지만 나 역시 무슨 목적이 있어서 보는 것은 아닙니다' 하고는 '어떻게 살아야 후회 없는 일생을 살 수 있는가? 하는 즉 사람에게는 사람이란 무엇인가? 하는 의문이 있다는 것을 알고 나도 그것을 알아보려고 한 적도 있었지만 지금은 고학도 할 수 없이 된 병약한 몸과 이 년래로 주인에게 모욕을 받고 있는 나의 인격의 울분한 반항이—말하자면 모두 자기네 일에 분망한 세상에서 나도 내 생활을 위하여 몰두하는 시간을 가져보겠다는 것이 나의 독서요' 하고 이렇게 말한다면 말하는 자기의 음성이 떨릴 것이요, 그 말을 듣는 사진사는 반드시 하품을 할 것이라고 생각한 병일이는 하염없는 웃음을 웃고 나서,

Pyŏngil had even listened half-heartedly before, but he found it extremely unpleasant now that he had become the object of the prying and advice.

A little drunk himself, Pyŏngil thought of saying, "What business is it of yours?" but he did not have the courage to borrow such inappropriate words from elsewhere.

He could say, "What would my life be if I stopped even buying books in order to save money? Do I have any time to go to the library? You may well ask why I read books, but I don't have any particular objective." Or, "I used to try to find answers to such questions as how to live without any regrets or what is the nature of man, but now that this weak body is no longer able to work its way through school and with my resentful nature brought on by my boss's insults over the past two years...in other words, in this world where everyone is absorbed in their own business, my reading is just my way of devoting some time to my life." But if he did so, he knew that his voice would quiver and the photographer would yawn, and so he just smiled bemusedly and said instead,

"So maybe I should start saving the money that I spend on books? I could find happiness from

"그럼 나도 책 사는 돈으로 저금이나 할까? 책 대신에 매달 조금씩 늘어가는 저금통장을 들여다보는 것으로 낙을 삼구……."

"아무렴, 그것이 재미지. 적소성대[35]라니."

이렇게 하는 사진사의 말을 가로채어서,

"하하, 시간을 거꾸루 보아서 십 년 후의 천 원을 미리 기뻐하며, 하하."

하고 웃고 난 병일이는 아까부터 놓여 있는 술잔을 꿀 꺽 마시고 사진사의 말을 막으려는 듯이 곧 술을 따라 건네었다.

술잔을 받아 든 사진사는 치[36]가 있는 듯한 병일이의 말에 찔린 마음이 병일이의 공손한 웃음소리에 중화되 려는 쓸개 빠진 얼굴로 병일이를 바라보다가 채신을 차 리려고 호기 있게 눈을 굴리며,

"십 년도 잠깐이오. 돈을 모으며 살아도 십 년, 허투루 살아도 십 년인데, 같은 값이면 우리두 돈 모아서 남과 같이 살아야지……."

하는 사진사의 말을 받아서,

"누구와 같이? 어떻게?"

하고 대들 듯이 묻는 병일이의 눈은 한순간 빛났다.

watching my savings account grow bit by bit each month, instead of in books..."

"Of course, now that's happiness! As they say, save a little earn a lot."

Pyŏngil interrupted,

"Ha ha, turn time upside down and enjoy the thousand won I'll have in ten years' time now, ha ha..." And he swallowed the contents of his cup, which had been sitting a while, and poured a drink for the photographer as if to cut him off.

The photographer accepted the cup with a grave look that suggested he had been hurt by these barbs and was trying to maintain his composure in the face of Pyŏngil's hollow laughter, but then he steeled himself, rolled his eyes and continued on bravely,

"Ten years is no time. Ten years is ten years, whether you save money or live recklessly, so shouldn't we save our money and be like others..."

At this Pyŏngil's eyes shone for a moment as he asked, almost with defiance, "Be like whom? How?"

He had been listening with indifference up until this point, but now he suddenly wanted to hear just what exactly this happiness was of which the photographer dreamed.

들어야 그 말이지, 하고 생각하여온 병일이는 이때에 발작적으로 사진사가 꿈꾸는 행복이 어떤 것인가를 듣고 싶었던 것이다.

"아니 누구같이라니! 자, 긴상 내 말 들어보소. 자, 다른 말 할 것 있소. 셋집이나 아니구 자그마하게나마 자기 집에다 장사면 장사를 벌이구 앉아서 먹구 남는 것을 착착 모아가는 살림이 세상에 상 재미란 말이오."

하고 그는 목을 축이듯이 술을 마시고 병일이에게 잔을 건네며,

"이제 두구 보시우. 내가 이대루 삼 년만 잘하면 집 한 채를 마련할 자신이 꼭 있는데 그때쯤 되면 내 큰아들 놈이 학교에 가게 된단 말이오. 살림집은 유축[37]이라도 좋으니 학교 갓게다 집을 사고서 사진관은 큰 거리에다 번쩍하게 벌이고 앉으면 보란 말이오. 그렇게만 되면 머— 최창학이 누구누구 다 부러울 것이 없단 말이오."

하고 가장 쾌하게 웃었다. 쾌하게 웃던 사진사는 잔을 든 채로 멀거니 자기를 바라보고 있는 병일이의 눈과 마주치자 멋쩍게 웃음을 끊었다가 그럴 것 없다는 듯이 다시 웃음을 지어 웃으며,

"어떻소? 긴상 내 말이 옳소? 긇소? 하하하."

"What do you mean, like whom? Mr. Kin, just listen to me. I'll put it another way. What I mean is that the greatest pleasure in the world is to sit in your own home however small it may be—as long as it is yours and not rented—and then you maybe run a business and feed yourself and save up anything left over little by little."

The photographer had another drink to dampen his throat and passed the cup to Pyŏngil.

"Now just think about it. If I can keep going like this for three years I think I can get my own house, and by then it will be time for my oldest son to start school. It doesn't matter if the house is in an out-of-the-way place as long as it is near a school and I can set up shop on a big street, then just you wait and see. I won't be envious of anyone, not even that goldmining billionaire Ch'oe Ch'anghak." He laughed with delight. As he held the cup, his eyes momentarily met Pyŏngil's watching him and he stopped laughing a little awkwardly before smiling again as if nothing had happened.

"How about it? Am I right, Mr. Kin, or wrong? Ha ha ha."

And he pushed Pyŏngil's shoulders so hard that he almost spilt his drink.

하며 병일이가 들고 있는 술잔이 쏟아지도록 그의 어깨를 잡아 흔들었다.

병일이는 잔 밑에 조금 남은 술방울을 혓바닥에 처뜨려서 쓴맛을 맛보듯이 마시고 잔 밑굽으로 테이블에 작은 소리를 내며,

"글쎄요."

하고 얼굴을 수그리며 대답하였다.

사진사는,

"글쎄요라니?"

하니 병일이의 대답이 하도 시들함을 나무라는 모양으로,

"긴상은 도무지 남의 말을 곧이 안 듣는 것이 병이거든. 그리구 내가 보기엔 긴상은 돈 모으고 세상살이 할 생각은 않은 것 같단 말이야."

이렇게 말하는 사진사는 자기의 말을 스스로 긍정하는 태도로 병일이를 건너다보며 머리를 건득[38]이었다.

병일이도 사진사의 말을 긍정할밖에 없었다.

사진사의 설교가 아니라도 이러한 희망과 목표는 이러한 사회층(물론 병일이 자신도 운명적으로 예속된 사회층)에 관념화한 행복의 목표라는 것을 모르는 바가 아니었다.

Pyŏngil emptied the last few drops of wine onto his tongue and seemed to taste its full bitterness as he swallowed, then he placed the cup down on the table with a slight knock and uttered "Well," as he lowered his head.

"What do you mean, well?" The photographer seemed to be scolding Pyŏngil for his insipid reply. "Your problem, Mr. Kin, is that you are not an honest listener. From what I can see you have no intention of saving up and setting up a home." The photographer looked across at Pyŏngil as he spoke, shaking his head as if to affirm his own words.

Pyŏngil had no choice but to agree.

Even before the photographer's lectures Pyŏngil had been well aware that these hopes and goals were those of the happiness idealized by that social class (to which he himself was also fated to belong).

No matter where he went he was always hearing and seeing that the lifelong efforts of this class should be directed towards the attainment of this happiness. But he could not believe that this was true happiness. Yet, whenever he tried to think about his own hopes and goals he could come up with nothing, as if his brain had frozen. While he could not think of any other hopes or goals, he also

이러한 사회층의 일평생의 노력은 이러한 행복을 잡기 위한 것임을 어느 때 어느 곳에서나 늘 보고 듣는 것이었다. 그러나 병일이는 이러한 것을 진정한 행복이라고 믿을 수 없는 것이었다. 그렇다고 나의 희망과 목표는 무엇인가고 생각할 때에는 병일이의 뇌장(腦漿)은 얼어붙은 듯이 대답이 없었다. 이와 같이 별다른 희망과 목표를 찾을 수 없으면서도 자기가 처하여 있는 사회층의 누구나 희망하는 행복을 행복이라고 믿지 못하는 이유도 알 수 없는 것이었다.

희망과 목표를 향하여 분투하고 노력하는 사람의 물결 가운데서 오직 병일이 자기만이 지향 없이 주저하는 고독감을 느낄 뿐이었다. 다만 일생의 목표를 그리 소홀하게 결정할 것이 아니라고 간신히 자기에게 귓속말을 하여 보는 것이었다.

이러한 귓속말에 비하여 사진사의 자신 있는 말은 얼마나 사진사 자신을 힘 있게 격려할 것인가? 더욱이 누구에게나 자기의 희망과 포부는 말로나 글로나 자라나고 있을 때보다 훨씬 빈약해 보이는 것이요, 대개는 정열과 매력을 잃고 마는 것인데, 이 사진사는 그 반대로 자기 말에 더욱더욱 신념과 행복감을 갖는 것을 볼 때

could not understand why it was that he could not believe in this happiness to which everyone in his class aspired.

Caught up in the waves of people struggling and fighting for these hopes and goals, Pyŏngil felt himself in the lonely position of wavering without any direction. Yet, he could just about whisper into his own ear that a lifetime's goals should not be decided so thoughtlessly.

Compared to such whispers, how much support the photographer must find in his own confident words! Pyŏngil's own hopes and aspirations now seemed so much more fragile than what he might have boasted in conversation or in writing, and they had lost most of their passion and enthusiasm, so that when he saw that the photographer had, on the contrary, found ever more faith and happiness in his own words, he could only conclude that he must be truly happy.

At this point Pyŏngil felt himself succumbing to that ideal of happiness by thinking that the photographer must be happy. Yet he could not subject himself to that ideal with all his heart. Just like a slave in revolt the drudgery and flogging that fate visited upon him seemed as if it would grow only

그는 참으로 행복스러운 사람이라고 생각할밖에 없었
다.

이렇게 사진사를 행복자라고 생각하는 병일이는 그
러한 행복 관념 앞에 여지없이 굴복하는 듯하였다. 그
러나 진심으로 그 행복 관념에 복종할 수 없었다. 그러
면 자기는 마바리[39] 역하는 노예와 같이 운명이 내리는
고역과 매가 자기에게는 한층 더 심할 것이라고 생각되
었다.

병일이는 이렇듯이 발걸음 하나나마 자신 있게 내지
를 수 있는 명일[40]의 계획도 세우지 못하고 오직 가혹
한 운명의 채찍 아래서 생명의 노예가 되어 언제까지
살지도 모를 일생을 생각하매 깨어날 수 없는 악몽에서
신음하듯이 전신에 땀이 흐르는 것이었다. 이러한 강박
관념에 짓눌리어서 멀거니 앉아 있는 병일이에게,

"참말 나 긴상한테 긴히 부탁할 말이 있는데―"
하고 사진사는 병일이를 마주 보는 것이었다. 사진사의
말과 시선에 부딪친 병일이는 한 장 벌꺽 뒤치어 새 그
림을 대한 듯한 기름기 있는 큰 얼굴에 빙그레 흘린 웃
음을 바라보았다.

"긴상, 여기 신문사 양반 아는 이 있소?"

more severe.

Thus Pyǒngil was not able to make plans for even one confident step into the future but had, under the whip of a cruel fate instead, become a slave to life itself, and whenever he thought of his own life, which might end at any time, he would sweat all over as if he were groaning in a never-ending nightmare. As he sat, distracted by these oppressive thoughts, the photographer turned to face him with the words, "Oh, Mr. Kin, there's a favor I'd like to ask you..." Pyǒngil returned the look to see a bewitched smile on the photographer's large oily face, as if a page had been turned and a new picture appeared.

"Mr. Kin, do you know any gentlemen in the newspaper business?" His expression was newly urgent.

"No," replied Pyǒngil, to a more disappointed click of the photographer's tongue than he had expected.

"It is in the nature of man that he should make connections as widely as possible." And the photographer continued, laughing, "Mr. Kin, you are very self-involved!"

The photographer laughed and began to explain at length, while repeating the phrase "gentlemen in

하며 전에 없이 긴한 표정으로 사진사는 물었다.

"없어요."

하고 대답하는 병일이가 얘기한 이상으로 사진사는 재미없다는 입맛을 다시고 나서,

"사람이라는 것은 할 수만 있으면 교제를 널리 할 필요가 있어."

하고 병일이를 쳐다보며,

"긴상도 누구만 못지않게 꽁생원이거든!"

이렇게 말하고 이어서 하하 웃었다.

웃고 난 사진사는 말마다 '신문사 양반'이라고 불러가며 여기 유력한 신문 지국의 '지정 사진관'이라는 간판을 얻기만 하면 수입도 상당하거니와 사진관으로서는 큰 명예가 된다고 기다랗게 설명을 하였다. 일전에 지방 잡신으로 성문 위에 길이 석 자가량 되는 구렁이가 나타나서 작은 난센스 소동을 일으켰다는 기사를 보고 작은 것을 크게 보도하는 것이 신문 기자의 책임이거늘 옛날부터 있는 성문지기 구렁이를 석 자밖에 안 된다고 한 것은 무슨 얼빠진 수작이냐고 사진사는 대단히 분개하였던 것이었다.

"전부터 별러온 것이지만 왜 지금 갑자기 이런 말을

the newspaper business" with every sentence, how it would increase his income considerably and how great an honor it would be for his studio if he could hang a "Designated Studio" sign bestowed by some powerful newspaper's branch office. Yet he had been indignant a few days previous at an article in the local news section about the fuss caused by a three-foot long snake appearing on the western gate tower, ranting that if it were a journalist's responsibility to report a small thing as something big then what kind of stupidity was this to write that the gatekeeper snake that had lived there so long had measured only three feet.

"I have been thinking about this for a while, but the reason why I'm bringing it up now is that, well, an opportunity might..."

He lowered his voice as if to confer about something.

"The owner of XX studio has been suffering from consumption for quite a while and could leave us any day (he explained that this was his former boss whom he had previously mentioned). There's not another studio in the city as big as his and, what's more, it's perfectly equipped. With this opportunity, if I could just get a Designated sign from a powerful news-

하는가 하면—기회가—"

하고 사진사는 의논성 있게 한층 말소리를 낮추며,

"××사진관 주인이 (전에 말한 이전에 자기가 섬기던 주인이라고 그는 주를 달았다) 오랜 해소병[41]으로 오늘내일하는 판인데 그 자리가 성안 사진관치고도 그만한 곳이 없고 게다가 완전한 설비도 있는 터이라 이 기회에 유력한 신문 지국의 지정 간판만 얻어가지고 가게 되면 남부러울 것이 없거든요—"

하고 말을 이어서,

"자, 그러니 이 기회에 긴상이 한번 수고를 아끼지 않고 지정 간판을 얻도록 활동해 주시면……."

하는 사진사의 말에 병일이는,

"이 기회라니—그 사진관 주인이 딱 언제 죽는대요?"

하고 빙그레 웃었다.

"아이 긴상두 원, 그러게 내가 긴상은 남의 말을 곧이 안 듣는다고 하는 게요. 오늘내일하는 판이라고 안 그러오. 설사 날래 끝장이 안 난대도 지정 간판은 지금 여기다 걸어도 좋으니깐 달리 생각하지 마시고 좀 힘을 써주시구려—"

하고 사진사는 마시는 술잔 너머로 병일이를 슬쩍 훑어

paper and move there, there's nothing else I could possibly ask for..."

He continued,

"Mr. Kin, if you could just spare a little effort at this opportunity and help me get that sign..."

Pyŏngil smiled,

"This opportunity? When exactly did the boss say he would die?"

The photographer glanced furtively at Pyŏngil over his cup. "Oh, Mr. Kin, this is why I say that you're not an honest listener. I said any day soon, and even if it doesn't come to a quick end, I can hang that sign up now right there, so please don't make things any more complicated than they are, just make some effort..." Pyŏngil did not like the way the photographer looked at him. He turned away to slowly exhale his cigarette smoke up towards the ceiling, and said,

"Well, I'm not making things more complicated. When I played tennis at school and had to go second, I also used to wait impatiently for the game before to finish. Ha ha ha..." He laughed exaggeratedly.

"Of course, that's how the world is!" laughed the photographer with delight. He shook Pyŏngil's wrist

보았다. 병일이는 그러한 눈치가 싫었다. 그는 사진사의 눈치를 피하며 담배 내를 천장으로 길게 뿜으며,

"천만에 달리 생각하는 게 아니지. 나도 학생 시대에 테니스를 할 때에 세컨드 플레이가 되어서 남이 하는 게임이 속히 끝나기를 초조하게 기다린 경험이 있으니까요, 하하하."

하고 과장한 웃음을 웃었다.

"아무렴! 세상 일이 다 그렇구말구."

하고 사진사는 유쾌하게 껄껄 웃었다. 그리고 병일이의 손목을 잡아 흔들며 친구의 친구로 다리를 놓아서라도 '신문사 양반'에게 부탁하여 '지정 간판'을 얻도록 하여 달라고 연신 부탁하는 것이었다.

내일도 또 오라는 사진사의 인사를 들으며 한길에 나선 병일이는 머리가 아프고 말할 수 없이 우울하였다.

병일이가 돌아볼 때에는 사진관 쇼윈도의 불은 이미 꺼지었다. 사진사를 처음 만났던 밤에 우연히 돌아보았을 때 꺼졌던 불은 청개구리 소리를 듣던 곳까지 와서 돌아보면 언제나 꺼지던 것이었다. 병일이가 하숙으로 돌아가는 시간도 거의 같은 때였지만 쇼윈도의 불은 병일이의 발걸음을 몇 걸음까지 세듯이 일정한 시간 거리

and urged him once more to ask a "gentleman in the newspaper business" to get a Designated sign for him, even if he could only get an introduction through a friend of a friend.

When Pyŏngil stepped out into the street amidst the photographer's entreaties to come again the next day, his head hurt and he felt unspeakably depressed.

He turned around to find the show window already in darkness. When he had turned around on the first night he met the photographer, the light had by chance already been turned out, but after that it was invariably dark by the time he reached the spot where the frogs had croaked that night. Pyŏngil usually left for his boarding room at almost the same time, but the show window light would go out after a set time, as if the photographer were counting how many steps Pyŏngil had taken.

Even though he knew very well that the light would be turned off, he would still always turn around to find it already out.

Once when he was drunk and in a good mood, he had stopped walking early to wait for the light to be turned off, and when it was he smiled and murmured, "But how could it be otherwise?"

를 두고 꺼지는 것이었다.

병일이는 으레 꺼졌을 줄 알면서도 돌아볼 때마다 그 불은 이미 꺼졌던 것이었다.

어떤 때— 유쾌하게 취한 병일이는 미리 발걸음을 멈추고 이제 쇼윈도의 불이 꺼지려니 하고 기다리다가 정말 꺼지는 불을 보고는 '아니나 다를까' 하고 웃은 적도 있었다.

쇼윈도 불이 꺼졌을 때마다 이 하루의 일을 완전히 필한 그들이 그들의 생활의 순서대로 닫쳐놓은 막(幕) 밖에 홀로이 서 있는 듯이 생각되는 병일이는 한없이 고적한 것이었다.

오늘따라 심히 아픈 병일이의 머릿속에는 '사진사는 벌써 잘 것이다' 하는 생각만이 자꾸자꾸 뒤이어 반복되었다. 자기도 모르게 그 생각을 입 속으로 중얼거리고 있는 것을 알았다.

어느덧 좁은 골목에 들어섰을 때에 빗물이 맺혀들고 있는 동그란 문등이 달린 대문을 두들기며, "난홍이 난홍이" 하고 부르는 사람이 보였다.

처마 그림자 밖으로 보이는 고무장화가 전등빛에 기다랗게 빛나며 나란히 서서 움직이지 않았다. 그리고

Each time the light went out Pyŏngil felt an un-fathomable loneliness, as if he were standing alone before the curtain that had come down on their lives in its turn as the business of the day drew to a complete close.

Today the only thought in Pyŏngil's aching head was the refrain that "the photographer must have gone to bed already." He realized that he was un-consciously mumbling that thought to himself.

He entered the narrow alley in no time and saw someone knocking at the door with the round light and a puddle at its foot, and calling out "Ranhŭngi, Ranhŭngi."

The light shone on the tall silhouette of two rub-ber boots stood side by side in the shadows of the eaves, not moving. A man knocked carefully on the door two or three times and then, equally carefully, called out again, "Ranhŭngi, Ranhŭngi." He seemed to be quietly waiting. With each call Pyŏngil strained his ears too. He realized that for some reason his heart was pounding.

The man knocked on the door several times, calling out "Ranhŭngi, Ranhŭngi" and listening for a reply, but that reply never came. When he gave up and turned around, he shot the onlooking Pyŏngil a

조심스럽게 대문을 통통 두들기고는 역시 조심스러운 목소리로 "난홍이 난홍이" 하고 불렀다. 부르고는 가만히 소식을 기다리는 눈치였다. 그때마다 병일이도 귀를 기울이었다. 그리고 웬 까닭인지 마음이 두근거림을 깨달았다.

대문을 두드리고 "난홍이"를 부르고 귀를 재우고 기다리기를 몇 차례나 하였으나 종내 소식이 없었다. 할 수 없이 단념하고 돌아선 그와 마주 서게 된 병일이는 멍하니 서 있는 자기의 얼굴을 가로 베듯이 날카로운 시선이 번쩍 스칠 때, 아득하여져 겨우 그 사람의 코 아래 팔자수염을 보았을 뿐이었다. 머리를 숙이고 도망하듯이 하숙으로 달아온 병일이는 이불을 뒤쓰고 누웠다. 신열이 나고 전신이 떨리었다.

신열로 며칠 앓고 난 병일이는 여전히 그 길을 걸으면서도 한 번도 사진사를 찾지 않았다. 한때는 자기가 사진사를 찾아가는 것은 마치 땀 흘린 말이 누워서 뒹굴 수 있는 몽당판[42]을 찾아가는 듯한 것이라고 생각한 적도 있었다. 그러나 그곳도 마음 놓고 뒹굴 수 있는 곳은 아니었다.

피부면에까지 노출된 듯한 병일이의 신경으로는 문

glare so sharp that it seemed to slash his face, and in a daze all Pyŏngil noticed was the handlebar moustache under the man's nose. Pyŏngil lowered his head as if in flight and returned to his room where he pulled back his quilt and laid down. He was feverish and his whole body was trembling.

After suffering from a high fever for several days, Pyŏngil began to walk that road as before, but he did not visit the photographer again. He even thought that during those visits he had been like a hot and sweaty horse searching for some dust in which to roll. But it had not turned out to be a place where he could roll in peace.

His nerves were as raw as if they were exposed on the surface of his skin and it had been painful to encounter the life of the photographer, whose nerves seemed to function rather like the strong suckers of an octopus.

Yet having decided not to visit the photographer again, he felt uneasy as he passed the studio each day. He thought the photographer must be dis-pleased that he had suddenly broken off contact after visiting every day. More than anything Pyŏngil was sorry. It was as if he was slighting the goodwill of the photographer who had seemed to like (?)

어의 흡반[43]같이 억센 생활의 기능으로서의 신경을 가진 사진사의 생활면은 도리어 아픈 곳이었다.

이같이 사진사를 찾지 않으려고 생각한 병일이는 매일 오고 가는 길에 사진관 앞을 지날 때마다 마음이 불안하였다. 그렇게 매일같이 찾아가던 자기가 갑자기 발을 끊은 것을 사진사는 나무랍게[44] 생각할 것 같았다. 그보다도 병일이 자신이 미안하였다. 자기를 사랑하던 (?) 사진사의 호의를 무시하는 행동같이도 생각되었다. 자기가 그를 찾지 않은 이유를 모르는 사진사는 그가 부탁하였던 '지정 간판'이 짐스러워서 오지 않은 것같이 오해하지나 않을까? 그렇다고 자기가 사진사를 피하는 진정한 심정을 소설 중의 주인공이 아닌 자기로서 그 역시 소설 중의 인물이 아닌 사진사에게 어떻다고 말할 수도 없는 것이었다. 이같이 생각하던 병일이는 마침내 이렇듯 짐스러운 관심 때문에 자기 생활 중에서 얻기 힘든 사색의 기회를 주는 이 길 중도에 무신경하게 앉아 있는 사진사의 존재를 귀찮게 생각하기도 하였다. 아침에는 물론 사진관 문이 닫혀 있었다. 어젯밤에도 혼자서 술을 먹고 아직 자고 있는가? 하긴 새벽부터 가게 문을 열 필요는 없는 영업이니까! 하고 생각하였다.

him. Not knowing the reason why Pyŏngil no longer visited, wouldn't the photographer misunderstand and presume that his request for a Designated sign had been burdensome? Unlike the hero of a novel, there was no way that he could talk of his true reasons for avoiding the photographer, who likewise was no novelistic character. And after all these thoughts and the burden they impressed on his mind, Pyŏngil finally began to be annoyed by the photographer's carefree existence in the middle of this road that gave Pyŏngil a rare opportunity for contemplation in his life. In the mornings, of course, the studio door was closed. Perhaps he had drunk alone last night and was still sleeping? On the other hand, his was hardly the kind of business that needs to open its doors from dawn, thought Pyŏngil. But each time he caught a glimpse of a pale human shadow inside the open door of an evening his hair would stand on end, as if he were stepping over the corpse of a sprawling snake.

Now for some reason the studio door had been closed in both the morning and the evening for the past few days.

Pyŏngil became curious about the photographer after the door had been closed for several days on

그러나 저녁에는 열린 문 안에 혹시 사람의 흰 그림자가 보일 때마다 길에 걸쳐놓인 뱀의 시체나 뛰어넘듯이 머리맡이 쭈뼛하였다.

무슨 까닭인지 근자에 며칠 동안은 아침이나 저녁이나 사진관의 문은 닫혀 있었다.

이렇게 연 며칠을 두고 더운 여름밤에 문을 닫고 있는 사진사의 소식이 궁금하기도 하였다. 한번 찾아 들어가서 만나보고 싶기도 하였으나 그리 신통치도 않았던 과거를 되풀이하여서는 무엇하리 하는 생각에 닫힌 문을 요행으로 알고 달리었다.

이렇게 지나기를 한 주일이나 지나친 어느 날이었다. 오래간만에 비 갠 아침에 병일이는 사무실 책상 앞에서 신문을 보고 있었다.

*

평양에 장질부사가 유행하여 사망자 다수라는 커다란 제목이 붙은 기사를 읽어 내려가다가 부립 P 병원에 수용되었다가 죽었다는 사람의 씨명 중에 이칠성이라

hot summer nights. He even wanted to stop by once to see him, but then thought better of repeating such a painful episode from the past, and walked on by feeling rather glad that the door was closed.

About one week passed by in this fashion. On the first dry morning in a while Pyŏngil sat at his office desk reading the newspaper.

*

"TYPHOID FEVER RIFE IN PYONGYANG, MANY DEAD," read the large headline of the article he was reading, where he saw the name Yi Ch'ilsŏng on the list of those who had died at the city's quarantine P hospital. Pyŏngil did not at first believe his eyes, but judging from the address and occupation it had to be Yi from the Ch'ilsŏng Studio.

Pyŏngil felt empty, as if someone had been talking to him and had suddenly left in the middle of the conversation. Now that story would always remain interrupted in his memory. He picked up the phone, which was ringing shrilly, but even as his pencil ran across his note pad he found himself

는 세 글자를 보았다. 병일이는 자기의 눈을 의심하였으나 주소와 직업으로 보아서 그것은 칠성 사진관 주인인 이씨임이 틀리지 않았다.

병일이는 지금껏 자기 앞에서 이야기를 하여 들려주던 사람이 하던 이야기를 마치지 않고 슬쩍 나가버린 듯이 허전함을 느끼었다. 그 이야기는 영원히 중단된 이야기로 자기의 기억에 남을 것이라고 생각되었다. 병일이는 뒤이어 오는 전화의 수화기를 떼어 들고 메모에 연필을 달리면서도 대체 사람이란 그런 것인가 하는 생각에 받던 전화의 말을 잊게 되어, "미안하지만 다시 한 번" 하고 물었다.

병일이는 사진사를 조상[45]할 길이 없었다. 다만 멀리 북쪽으로 바라보이는 창광산 화장장에서 떠오르는 검은 연기를 바라보았을 뿐이었다.

그 이튿날 아침에 사진관 앞에서 이삿짐을 실은 구루마[46]가 떠나가는 것을 보았다.

계집애인 듯한 어린것을 등에 업고 오륙 세 된 사내아이 손목을 잡은 젊은 여인이 짐 실은 구루마의 뒤를 따라가고 있는 것을 보았다. 병일이는 그것이 사진사의

wondering if this was the nature of man and, having forgotten himself, could only say to the caller, "I'm very sorry, but could you say that again?"

He had no way to mourn the death of the photographer. All he could do was look towards the far north to the black smoke rising up from the crematorium on Ch'anggwang mountain.

Two days later he saw a cart loaded with luggage leaving from in front of the studio.

A young woman was carrying what looked like a little girl on her back and holding the hand of a small boy about five or six years old as she walked after the heavily laden cart. Pyŏngil guessed that this was the photographer's family.

He followed behind them and watched until they disappeared inside the city gate.

Once they were out of sight he walked on to the factory, mumbling to himself, "People survive somehow until they die," and then he recalled feeling that he could not go on living when, as a child, his parents had died.

When he walked home that evening the lamp over the entrance was already gone. Inside the dark show window there were no longer photographs

유족인 것을 짐작하였다.

병일이는 뒤로 따라가다가 그들이 서문통 안으로 사라질 때까지 바라보고 있었다.

그들이 보이지 않게 되었을 때 병일이는 공장으로 가면서 '산 사람은 아무렇게라도 죽을 때까지는 살 수 있는 것이니까―' 이렇게 중얼거리며 그는 자기가 어렸을 때 부모상을 당하고 못 살 듯이 서러워하였던 생각을 하였다.

저녁에 돌아갈 때에는 현관의 문등은 이미 없어졌다. 그리고 역시 불이 꺼진 쇼윈도 안에는 사진 대신에 '셋집'이라고 크게 씌어진 백지가 비스듬히 붙어 있었다.

어느덧 장질부사의 흉스럽던 소식도 가라앉고 말았다. 홍수도 나지 않고 지루하던 장마도 이럭저럭 끝날 모양이었다. 병일이는 혹시 늦은 장맛비를 맞게 되는 때가 있어도 어느 집 처마로 들어가서 비를 그으려고 하지 않았다. 노방의 타인은 언제까지나 노방의 타인이기를 바랐다.

그리고 지금부터는 더욱 독서에 강행군을 하리라고 계획하며 그 길을 걸었다.

but just a crooked piece of paper bearing two large words "To rent."

After a while the awful news of the typhoid epidemic died down. There was no flood and the tedious rainy season began to look as if it might end soon. Even when Pyŏngil was caught in a late rainstorm, he did not seek shelter under any eaves. He wanted strangers on the road to always remain strangers on the road.

And he walked that road planning from then on to devote himself all the more to his books.

* English translation first published in the *Korean Literature Today* (International PEN, Korean Centre, 2000)

Translated by Janet Poole

1) 바재게. 바삐. 혹은 빠르게(북한어).
2) 눈병.
3) 돌짝 길. 돌이 많은 길.
4) 대문이나 현관문 따위에 다는 등.
5) 모깃불을 피우는 데에 쓰는 쑥.
6) 저고리나 두루마기 자락의 끝 둘레.
7) 얼굴을 가림. 또는 그런 물건.
8) 단벌 줄. 한 줄.
9) 땔나무와 숯, 또는 석탄 따위를 이르는 말.
10) 풀이 무성하게 자란 넓은 벌판.
11) 꿰여 나오다. 틈을 비집고 나오다.
12) 당장에 가지고 있는 돈이나 곡식.
13) 맞비겨떨어지다(상대되는 두 가지 셈이 서로 남거나 모자람이 없이
    꼭 맞다)'의 방언(평북).
14) 길가. 길의 양쪽 가장자리.
15) '성벽(성곽의 벽)'의 방언(평북).
16) 반자를 바르는 종이. 흔히 여러 가지 색깔과 무늬가 박혀 있
    다. 반자는 지붕 밑이나 위층 바닥 밑을 편평하게 하여 치장
    한 각 방의 윗면.
17) 후죽은. 후주근. 낮고 처진. 옷 따위가 풀기가 빠져서 축 늘어
    진 모양을 휘주근이라고 한다(북한어).
18) 갈대 따위를 쪼개어 결어 만든 부채.
19) 희화화하다. 어떤 인물의 외모나 성격, 또는 사건을 의도적으
    로 우스꽝스럽게 묘사하거나 풍자하다.
20) 푸렁덩하다. 푸르뎅하다.
21) '홍수(洪水)'의 방언(평북).
22) '밥주걱'의 방언(강원. 또는 북한어).
23) 실지로 사실을 경험함. 또는 증거로 삼을 만한 경험.
24) 음식을 넣은 통.
25) 술값을 여러 사람이 분담하고 술을 마심.
26) 쏘다. 쑤시다의 방언(함남).
27) 사진을 찍는 시설을 갖추어 놓은 곳.
28) 대오리로 만든 살에 기름 먹인 종이를 발라 만든 우산.
29) '께끄름하다(께적지근하고 꺼림하여 마음이 내키지 않다)'의 준말.
30) 인력거를 덮은 포장이라는 일본어.
31) 의액이. 억새.
32) 날아 흩어지거나 튀어 오르는 물방울.
33) 오래 묵은 병.

34) 적게 잡아도, 적어도.

35) 작거나 적은 것도 쌓이면 크게 되거나 많아짐.

36) 벌의 독바늘.

37) 외따로 떨어져 구석진 곳(평안).

38) 건득거리다. 졸음이 와서 고개를 힘없이 앞으로 자꾸 숙였다 들었다 하다.

39) 짐을 실은 말. 또는 그 짐.

40) 내일.

41) 만성폐쇄성 폐질환.

42) '몽당'은 '먼지', '몽당불'은 모닥불.

43) 빨판.

44) 나무랍다. 못마땅하고 섭섭하게 생각되어 언짢다란 뜻(북한어).

45) 조문.

46) 수레의 일본어.

* 작가 고유의 문체나 당시 쓰이던 용어를 그대로 살려 원문에 최대한 가깝게 표기하고자 하였다. 단, 현재 쓰이지 않는 말이나 띄어쓰기는 현행 맞춤법에 맞게 표기하였다.

《조광(朝光)》, 1936

해설

Afterword

비 오는 길

자넷 풀 (토론토대학교 교수)

최명익의 작품 「비 오는 길」의 배경은 작가의 고향인 평양이다. 1936년 발표된 이 작품에서 우리는 전시하 한반도에서 이루어지기 시작하던 산업화가 도시에 가져온 변화를 볼 수 있다. 이 시기 26년째 일본의 식민 지배를 받고 있던 한국은, 이 단편이 출판되고 나서 겨우 일 년 후에 있을 제2차 중일전쟁 발발의 전주곡이었던 1931년의 만주사변을 기점으로 1930년대 중반 이미 일본 제국 내 역할의 변화를 겪는다. 일본이 무력으로 만주를 점령하고 중국 침략을 준비함에 따라 평양은 만주 평원을 향한 북행 철로변에 위치한 한국 내 마지막 주요 도시로서 새로운 중요성을 획득한다. 일본의 대도

"Walking in the Rain"

Janet Poole (Professor, the University of Toronto)

Ch'oe Myŏngik's story "Walking in the Rain" is set in the author's hometown of Pyongyang. Published in the year 1936, in it we can see the changes that city was undergoing as industrialism began to take foot in Korea under the conditions of a wartime economy. Korea had by this time been under formal colonial occupation by Japan for twenty-six years, but by the mid-1930s its role in the wider empire was changing in the wake of the Manchurian Incident of 1931, which was a prelude to the outbreak of the Second Sino-Japanese War just one year after Ch'oe's story was published. As Japan attempted to consolidate its territory and gear up for

시로부터 만주의 도시와 농촌으로 여행하는 사람은 누구든, 식민지의 관리나 군인, 사업가들, 관광객들 중 누구든 모두 평양을 거쳐야 했다. 그러나 이같은 새로운 중요성을 획득하기 전부터도 평양은 이미 한반도의 다른 도시들과는 구별되는 독자적인 문화를 발전시켜왔다. 유럽과 미국의 선교사들은 1900년대 초 평양에 교회와 학교를 세우고 이곳에 정착했다. 이 학교들은 신학문이라는 이름으로 불리는 학문의 중심지가 되었고 과학과 기술, 유럽의 언어들을 현대 교육 커리큘럼의 핵심으로 정착시켰다. 수도로부터 조금 떨어진 평양에서 일종의 부르주아 문화가 등장했고, 그곳에서 현대적인 제도가 등장했고 사업적인 능력이 성장했다.

이처럼 군사주의와 현대성이 결합된 여러 양상들은 「비 오는 길」에서도 명백하게 나타나지만, 최명익이 우리의 관심을 인도하는 지점은 초기 산업혁명의 이면이라고 불리울 수 있는 곳이다. 시 외곽에 있는 외짝 거리의 쓸쓸한 모습은 이전의 질서가 무너지고 새로운 어떤 것이 깔끔하지 못한 양상으로 등장하고 있음을 암시한다. 최명익은 중심가에 존재하는 권위와 부로부터 공간적으로, 상징적으로, 그리고 물질적으로 밀려난 주민들

war in China, Pyongyang gained new significance as the last major Korean city on the railway route heading northwards to the plains of Manchuria. Whether colonial bureaucrats, soldiers, businessmen or tourists, all those who travelled from the Japanese metropole to the cities and agricultural zones of Manchuria had to pass through Pyongyang. Yet even before acquiring this new importance, Pyongyang had already developed a distinct culture that set it apart from other cities on the peninsula. From the early 1900s European and American missionaries had settled in the city, setting up churches and schools. These schools formed the center of what became known as the "new learning," through which science, technology, and European languages became the core of the modern educational curriculum. At a distance from the capital, a bourgeois culture emerged in Pyongyang, which displayed modern institutions and thinking together with a talent for business enterprise.

This constellation of militarism and modernity is evident in "Walking in the Rain," but Ch'oe focuses our attention on what might be called the underside of this nascent industrial revolution. The for-

이 살고 있는 빈민가의 가난을 묘사한다. 그들의 집은 고분에 비유되고, 그들의 몸은 "마른 지렁이 같은 늙은이의 팔다리"로 상징된다. 새로운 공장지대가 혼란 속에 대두하는 모습이 묘사되고 그곳에서 일하는 사람들의 곤경이 암시된다. 최명익의 도시 풍경에서는 새로운 것이 낡은 것을 깔끔하게 대치하지 않는다. 그 대신 과거와 현재의 이질적인 물적 구조물과 삶의 양식과 관념이 공존하고 있다. 이 공존은 성문에 뱀이 나타났을 때 젊은이와 노인이 보이는 반응이 다르듯 때로 불안하다. 무엇보다도 중요한 것은 최명익의 단편에서 낡은 것이 사라지지 않은 채 과거의 잔재로 계속 남아 있다는 사실이다. 그것들은 다만 지금은 무용지물이며 비생산적이고 미신적이라고 선언되거나, 혹은 안개 속의 구름 사이로 가끔씩 나타나는 낡은 성문의 탑처럼 어둡고 신비하다. 이렇듯 최명익은 오늘날 우리에게 스탈린 시대 건축양식과 북한 국가의 스펙터클의 무대로 더 잘 알려진 도시에서 있었던 약탈적인 초기 모더니티의 결과를 기억으로 전한다.

그러나 「비 오는 길」은 단순히 새로 등장하는 도시 풍경을 제시하는 데 그치지 않는다. 이 단편의 중심에는

lorn scene of the lopsided street just outside the city wall suggests the collapse of the previous order and the untidy emergence of something new. Ch'oe describes the poverty of the slums, whose residents are displaced from the authority and wealth of the inner city spatially, symbolically and materially. Their houses are described as tombs and their bodies as "wizened old limbs." He describes the chaotic emergence of the new factory district and hints at the difficulties of those who work there. In Ch'oe's cityscape the new does not cleanly replace the old, but the different material structures, lifestyles and ideas of old and new coexist, sometimes uneasily as is revealed when a snake appears on a city gate only to provoke different reactions from young and old. Most importantly, in Ch'oe's story the old does not disappear but lives on as a remnant of the past, now declared useless, unproductive, superstitious, or dark and mysterious like the old gate tower that appears intermittently between the misty clouds. Thus Ch'oe memorializes the results of a rapacious early modernity in the city better known today for its later Stalinist architecture and staging of North Korean state spectacle.

병일—새로 형성된 공장지대에서 일하는 서기—과 자수성가형 사진관 주인 사이의 우연한 만남이 있다. 사진사는 부상하는 부르주아 계급의 이상, 즉 자조와 기술의 습득과 집의 소유와 남은 돈의 저축 등으로 행복이 가능하다고 믿으며 그 행복을 신봉한다. 이러한 행복의 이상은, 다른 많은 곳에서 미국의 꿈이라고 알려진 것이 일본 제국의 작은 식민지에 이식된 형태이다. 한갓 서기인 병일은 보잘것없어 보이고 또한 그 도시 최악의 빈민가를 도보로 통과해 출퇴근하지만 그가 그 도시에서 일어나고 있는 거대한 변화의 밖에 존재하고 있다고 가정한다면 잘못이다. 그는 시대의 지적 경향을 흡수한 사람이고 그의 악몽에는 도스토옙스키와 니체가 나오며 오늘날의 독자에게도 낯익은 질문 때문에 고민하는 사람이다. 행복이란 도대체 무엇인가? 그리고 우리는 우리를 소위 완벽한 생활방식에 복종시키는 이데올로기를 신뢰할 수 있는가? 등. 이 단편은 전통과 현대의 충돌을 제시하고 있는 것이 아니라 현대성 속에 사는 서로 다른 방식들의 충돌을 제시하고 있는 것이다.

최명익은 이 무척이나 현대적인 이야기들을 섬세하

Yet "Walking in the Rain" does far more than show us an emerging cityscape. At the heart of the story lies the chance encounter between Pyŏngil—a clerk working in the new factory district—and a self-made studio photographer. The photographer espouses the ideals of a rising bourgeoisie—the happiness supposedly brought about by self-reliance, mastering a technology, owning one's own home, and saving any money left over. In other words what is known in so many other places as the American Dream here is naturalized in a small colony of the Japanese empire. Pyŏngil's work as a clerk may seem lowly and his daily commute take him by foot through the city's worst slums, but it would be wrong to think of him as existing somehow outside of the enormous changes taking place in this city. He has absorbed intellectual trends of the time, has nightmares featuring Dostoevsky and Nietzsche and ponders questions familiar still to readers today: just what is the nature of happiness? And should we trust those ideologies of the perfect lifestyle to which we are subjected? The story poses not a clash between tradition and modernity, but rather conflict over different ways to live in modernity.

고 거의 서정적이라 할 문체 속에 담고 있다. 그의 단락
은 대체로 단문들의 조합이며, 벌레들과 파충류들의 축
소형 세계를 담고 있다. 그리고 1930년대 평양의 다층
적이고 이질적인 공간들 가운데 이루어지는 삶의 질감
을 포착하기 위해서 섬세한 디테일이 동원된다. 이 단
편은 단편 작가로서의 그의 데뷔작이며, 그는 이 단편
으로 해서 세련된 작가이자 현대적인 삶의 심리적 지형
의 탐색가로 일약 명성을 얻게 된다. 훗날 1950년대에
그는 문필가의 일과 화가의 스케치를 비교하는데, 이
쓸쓸한 거리의 삶에 대한 스케치가 어떤 사물을—카메
라를 통해서건 활자를 사용해서건—재현하는 것이 무
엇을 의미하는가에 대한 감각이 사진술을 통해 변화되
던 시기에 사진관을 중심으로 이루어지고 있다는 사실
은 무척 적절해 보인다. 최명익 작품의 탁월한 묘사력
은 그 시대의 독자들과 마찬가지로 오늘날의 독자에게
도 호소력이 있고 동시에 희미한 멜랑콜리조차 느끼게
한다. 그리고 삶을 살아가는 동안 우리들 중 어느 누구
도 무시할 수 없는 하나의 거대한 근본적 질문을 던지
고 있다.

This most modern of stories is narrated by Ch'oe Myŏngik in a delicate, almost lyrical style where paragraphs consist mostly of single sentences and the miniature world of insects, reptiles, and fine detail is invoked to capture the texture of life amongst the multi-layered and heterogeneous spaces of Pyongyang in the 1930s. This story marked Ch'oe's debut as a short story writer and drew him instant acclaim as a sophisticated writer and explorer of the psychic terrain of modern life. Later in the 1950s he was to compare the job of the writer to that of the painter sketching and it is only appropriate that his own sketch of life on this forlorn street centers around a photo studio at a time when the technology of photography was transforming the sense of what it meant to render an object visible, whether through the camera or in print type. Ch'oe's work remains to the reader today as finely delineated as it appeared to readers in his own time, but it also leaves behind a faint whiff of melancholy plus one large and fundamental question, which none of us can ignore as we forge our way through our own lives.

비평의 목소리

Critical Acclaim

일찍이 최명익 씨의 작품이 일부 지식층에 특별한 애정과 호의를 받아온 것도 그의 모든 작품이 가지고 있는 지식인의 절망과 불안과 무기력에 대한 지식인의 동병상련적인 자위에 원인된 것이 아닌가 생각되는 것이다. 그만큼 그가 즐겨 취급하는 인물은 지식인의 생활과 사상에 대해서였다. 해방 이후 조선의 지식층은 제각기 자기의 신념(신념이 아니라 단순한 격분이나 어떤 기성 '이데올로기'에의 맹종이었는지도 모른다)에 따라 여러 가지 방면으로 자기를 투신해 가고 있으나 일제시대 조선의 지식층은 분명히 최명익 씨의 제반 작품에 표현되어 있는 것과 같은 절망과 불안과 무기력과 같은 것이 있었

I believe the reason that Ch'oe Myŏngik's works were immediately received with special affection and favor amongst a section of the intellectual class stems from the fact his works all share the despair, unease and lethargy of intellectuals and thus offer the comfort of sharing the same difficult situation. The characters and themes that Ch'oe enjoyed depicting were those of the lives and thought of intellectuals. Since liberation the intellectual class of Korea have been devoting themselves in various different directions to their own beliefs (perhaps rather than belief we should say simple overexcitement or the blind following of certain preexisting ideologies), but under Japanese colonial

다. 이것이 그의 작품에 대하여 지식인의 관심을 끌게 한 것이었다. 그러나 그렇다고 이러한 지식인의 절망과 불안과 무기력이 해방된 오늘에 있어 완전히 해소되었다고는 볼 수 없는 것이다.

조연현, 「자의식의 비극」, 1949

최명익이 선 곳은 모더니즘의 자본주의적 표상 쪽이 아니라 그 반영물인 내면의 묘사에 있었던 만큼 모더니즘의 일층 심화된 형식이었다. 더구나 그것은 생활과 무관한 관념상의 실험실 속의 작업이었던 것이 아니었던가. 그 순수 관념상의 실험으로서의 모더니즘 속에는 마르크시즘의 징후가 내포되지 않을 수 없었던 것이다. 만일 마르크스주의를 순수 관념으로 실험실 속에서 다룬다면 마찬가지로 응당 모더니즘적 징후군이 떠오를 것임에 틀림없다. (……) 문제는 모더니즘적 리얼리즘 또는 리얼리즘적 모더니즘의 심층에서의 연결점에 대한 논의로써 우리 문학을 파악하기 위함에 있다.

김윤식, 「최명익론」, 1990

1930년대부터 40년대 초 사이에 발표되는 최명익의

rule the intellectual class clearly shared the same despair, unease and lethargy that are shown in Ch'oe Myŏngik's various works. This is what drew the attention of intellectuals to Ch'oe's works. Nevertheless, we cannot say that intellectuals' despair, unease and lethargy have been completely eased in our own liberated present.

Cho Yeon-hyeon, "Tragedy of Self-consciousness", 1949

Ch'oe Myŏngik did not side with the capitalist symbols of modernism but with the description of the interior that is its reflection, and so his was a deeper form of modernism. Moreover, was this not work conducted in an ideological laboratory disconnected from daily life? The symptoms of Marxism were necessarily contained within this modernism as a purely ideological experiment. There is no doubt that, if one were to deal with Marxism as a pure ideology in a laboratory, in the same way the symptoms of modernism would naturally appear. [...] The problem is how to discuss the connections in the deeper structure of modernist realism or realist modernism in order to better understand our literature.

Kim Yun-shik, "On Ch'oe Myŏngik", 1990

소설들에는 흔히 치명적인 병에 걸리거나 죽음을 맞는 인물들이 등장한다. '돈을 모아 남같이 사는' 행복을 설교하던 사진사(「비 오는 길」, 1936)는 어이없이 급사하고 「무성격자」(1937)의 주인공은 각각 결핵과 위암에 걸린 애인과 아버지의 죽음을 기다린다. 운전수에게 농락당한 농촌 색시(「봄과 신작로」, 1939) 또한 성병에 걸려 쓰러지며, 아편 중독자로 전락한 과거의 좌익 운동가를 따르던 비련의 여인(「심문」)은 갱생의 길을 마다하고 자살을 택한다. 식민지 시대의 작가들은 흔히 병과 죽음을 그려내었지만 최명익에게 그것은 떨칠 수 없는 주제였다. 인물들의 병과 죽음은 현대의 황폐함을 증언하는 것이었다. 최명익은 자신의 시대가 파국을 향해 치닫고 있다는 절망적인 위기의식으로부터 한시도 자유로울 수 없었다고 보인다.

신형기, 「한 모더니스트의 행로」, 2004

The characters that appear in Ch'oe Myŏngik's fiction from the 1930s until the early 1940s usually suffer from some fatal disease or die. The photographer who proselytized the happiness of "saving money and living like others" ("Walking in the Rain," 1936) dies a shockingly sudden death, while the hero of "A Man of No Character" (1937) awaits the deaths of both his lover and father, who suffer from tuberculosis and stomach cancer respectively. The young country girl who has been toyed with by a driver ("Spring and the New Road," 1939) collapses with a sexually transmitted disease, and the tragic lover of the former leftist activist who has fallen into heroin addiction ("Patterns of the Heart") refuses the path of rehabilitation and kills herself. The writers of the colonial era often depicted illness and death, but for Ch'oe Myŏngik these were indispensable themes. The sickness and death of characters attested to the devastation of modernity. It appears that Ch'oe Myŏngik could not free himself even momentarily from a sense of desperate crisis that the age was racing towards collapse.

Shin Hyeong-gi, "A Modernist's Path", 2004

최명익

최명익은 1902년 평양 주변에서 유복한 지식인의 집안에서 태어났다. 어린 시절 평양과 인천항을 오가며 장사를 하던 부친이 설립한 사립학교에서 공부했다. 어릴 때 부모와 형이 모두 사망한 것으로 알려져 있으며, 1919년 3·1 운동 이후 감옥에서 사망한 것으로 짐작되고 있다. 최명익은 3·1 운동 당시 평양고보를 자퇴하고 식민지 조선의 많은 젊은 지식인들처럼 일본 유학을 떠났다. 1926년 결혼 이후 평양 근교에 정착했고, 가족의 부양을 위해 작은 유리공장을 경영했다. 이 시기에 창작을 시도했고 당시 쓴 수필에서 생계를 위한 사업 때문에 글 쓸 시간이 부족한 것을 한탄하기도 했다.

1930년대 초에 짧은 수필과 평론 몇 편을 발표했으나, 1936년 단편 「비 오는 길」을 발표하면서 당시 서울에 확고히 자리잡고 있던 문단의 주목을 한 몸에 받게 되었다. 1945년 해방이 되기 전까지 그리 많은 수의 단편을 발표하지는 않았으나, 모두 정교한 구조와 섬세한 묘사 및 심리의 탐구로 찬사를 받았다. 그의 단편들은

Ch'oe Myŏngik

Ch'oe Myŏngik was born in 1902 near the city of Pyongyang to a wealthy, well-educated family. As a child he attended a private school established by his father, who traded goods between Pyongyang and the port of Incheon. Ch'oe's father apparently died when Ch'oe was quite young, as did his mother and elder brother, possibly in prison in the wake of the 1919 nationwide demonstrations against Japanese colonial rule, known as the March First Movement. At the time of the demonstrations Ch'oe himself withdrew from Pyongyang High School and later went on to study in Japan. This was not an unusual path for young intellectuals, who found greater educational freedom and opportunities in the imperial metropole than in the colony itself. After marrying in 1926 Ch'oe settled on the outskirts of Pyongyang, where he ran a small glass factory to support his growing family. Around this time Ch'oe embarked upon his writing career, lamenting in essays from the time that he could not devote more

급격한 도시화를 겪고 있는 평양을 주무대로 하고 있으며, 「심문」은 일본 제국의 변방인 하얼빈을 무대로 하고 있다. 오늘날 남한에서는 일본의 파시스트적 지배의 억압기에 영락한 혁명가들의 심리와 예술가들의 침체 상태를 탐구한 작가로 알려져 있다.

최명익은 해방 후에도 평양에 계속 남았는데, 평양은 곧 신생 북조선인민공화국의 수도가 된다. 계속 글을 썼지만 초점은 역사소설과 창작방법론으로 이동했다. 한국전쟁 중에 아들을 잃었고, 아내도 그 이후 곧 세상을 떠난 것으로 알려져 있다. 최명익의 정확한 사망 시기는 알려져 있지 않으나 1950년대에 잠깐 평양대학에서 학생들을 가르친 뒤 1960년대 후반이나 1970년대 초반경 사망한 것으로 추정된다. 그의 소설들은 1990년대까지도 계속 북한에서 출판되고 있었다. 남한에서는 북한 작가들의 작품들에 대한 판금이 해제된 1988년에야 재출판되기 시작했고, 그 이래 식민지 시대 한국문학을 연구하는 학자들 사이에 활발한 재조명이 이루어지고 있다. 최명익의 작품들은 그 시기 비교적 덜 알려진 주옥같은 작품군에 속한다고 말해도 무리가 없을 것이다.

of his time to writing as he had to run a business to make ends meet.

Ch'oe published several short essays and pieces of literary criticism in the early 1930s, but it was with the publication of his first short story, "Walking in the Rain," in 1936 that he immediately drew the attention of the literary establishment, then firmly centered in Seoul. Prior to liberation from Japanese rule in 1945 Ch'oe published a handful of short stories, all highly acclaimed for their sophisticated construction, detailed descriptive passages and explorations of mental life. His stories are set in a rapidly urbanizing Pyongyang, and, in the case of "Patterns of the Heart," in Harbin on the outskirts of the Japanese empire. It is for these works that Ch'oe is still known today in the Republic of Korea as a modernist who explored the psychic life of fallen revolutionaries and the malaise of artists in the disenchanted era of Japanese fascist rule.

After liberation Ch'oe continued to live in Pyongyang, which soon became the capital of the nascent state of the Democratic People's Republic of Korea. He continued to write, although his focus shifted towards historical novels and essays on the craft of writing. His son was killed during the civil war and his wife apparently died shortly thereafter. Although his exact date of passing is unknown, it is surmised that Ch'oe died sometime in the late 1960s or early 1970s, having taught briefly at a Pyongyang university in the 1950s. His novels were still in print in North Korea in the 1990s. In South Korea Ch'oe's works were banned until 1988, when the works of writers from North Korea were allowed to be published again. Since their reappearance Ch'oe's reputation has been growing amongst scholars of Korea's colonial literature, although it is fair to say that his works constitute some of that era's lesser known treasures.

번역 **자넷 풀** Translated by Janet Poole

자넷 풀은 태평양전쟁 시기 발표되었던 이태준의 수필집 『무서록』(컬럼비아대학교 출판부, 2013) 등을 포함해 식민지 시기 한국 작가의 작품들을 다수 번역했다. 현재 토론토대학교에서 한국의 문학과 문화사, 번역 이론을 가르치고 있다. 최근에 식민지 말기 태평양전쟁 시대 글쓰기의 문화사에 대한 연구를 마쳤으며, 이는 『미래가 사라지는 날: 식민지 말기 한국의 모더니스트적 상상력』(컬럼비아대학교출판부, 2014)라는 제목의 단행본으로 출간된다.

Janet Poole has translated the works of many writers from colonial Korea, including a collection of anecdotal essays published during the Pacific War by Yi T'ae-jun, *Eastern Sentiments* (Columbia University Press, paperback edition, 2013). She teaches Korean literature, cultural history and translation theory at the University of Toronto. She has recently completed a cultural history of writing in the late colonial and Pacific War era, which will appear in the fall as *When the Future Disappears: The Modernist Imagination of Late Colonial Korea* (Columbia University Press, 2014).

바이링궐 에디션 한국 대표 소설 094

비 오는 길

2015년 1월 9일 초판 1쇄 발행

지은이 최명익 | **옮긴이** 자넷 풀 | **펴낸이** 김재범
기획위원 정은경, 전성태, 이경재 | **편집** 정수인, 이은혜, 김형욱, 윤단비 | **관리** 박신영
펴낸곳 (주)아시아 | **출판등록** 2006년 1월 27일 제406-2006-000004호
주소 서울특별시 동작구 서달로 161-1(흑석동 100-16)
전화 02.821.5055 | **팩스** 02.821.5057 | **홈페이지** www.bookasia.org
ISBN 979-11-5662-067-9 (set) | 979-11-5662-071-6 (04810)
값은 뒤표지에 있습니다.

Bi-lingual Edition Modern Korean Literature 094

Walking in the Rain

Written by Ch'oe Myŏngik | **Translated by** Janet Poole
Published by Asia Publishers | 161-1, Seodal-ro, Dongjak-gu, Seoul, Korea
Homepage Address www.bookasia.org | **Tel**. (822).821.5055 | **Fax**. (822).821.5057
First published in Korea by Asia Publishers 2015
ISBN 979-11-5662-067-9 (set) | 979-11-5662-071-6 (04810)

바이링궐 에디션 한국 대표 소설

한국문학의 가장 중요하고 첨예한 문제의식을 가진 작가들의 대표작을 주제별로 선정!
하버드 한국학 연구원 및 세계 각국의 한국문학 전문 번역진이 참여한 번역 시리즈!
미국 하버드대학교와 컬럼비아대학교 동아시아학과, 캐나다 브리티시컬럼비아대학교 아시아
학과 등 해외 대학에서 교재로 채택!

바이링궐 에디션 한국 대표 소설 set 1

분단 Division

01 병신과 머저리-이청준 The Wounded-Yi Cheong-jun

02 어둠의 혼-김원일 Soul of Darkness-Kim Won-il

03 순이삼촌-현기영 Sun-i Samch'on-Hyun Ki-young

04 엄마의 말뚝 1-박완서 Mother's Stake I-Park Wan-suh

05 유형의 땅-조정래 The Land of the Banished-Jo Jung-rae

산업화 Industrialization

06 무진기행-김승옥 Record of a Journey to Mujin-Kim Seung-ok

07 삼포 가는 길-황석영 The Road to Sampo-Hwang Sok-yong

08 아홉 켤레의 구두로 남은 사내-윤흥길 The Man Who Was Left as Nine Pairs
of Shoes-Yun Heung-gil

09 돌아온 우리의 친구-신상웅 Our Friend's Homecoming-Shin Sang-ung

10 원미동 시인-양귀자 The Poet of Wŏnmi-dong-Yang Kwi-ja

여성 Women

11 중국인 거리-오정희 Chinatown-Oh Jung-hee

12 풍금이 있던 자리-신경숙 The Place Where the Harmonium Was-Shin
Kyung-sook

13 하나코는 없다-최윤 The Last of Hanak'o-Ch'oe Yun

14 인간에 대한 예의-공지영 Human Decency-Gong Ji-young

15 빈처-은희경 Poor Man's Wife-Eun Hee-kyung

바이링궐 에디션 한국 대표 소설 set 2

자유 Liberty

16 필론의 돼지-이문열 Pilon's Pig-Yi Mun-yol

17 슬로우 불릿-이대환 Slow Bullet-Lee Dae-hwan

18 직선과 독가스-임철우 Straight Lines and Poison Gas-Lim Chul-woo

19 깃발-홍희담 The Flag-Hong Hee-dam

20 새벽 출정-방현석 Off to Battle at Dawn-Bang Hyeon-seok